JN118497

はこはこ

歳時記ものがたり

髙樹のぶ子

毎日文庫

装丁　田中久子
装画　風海

ほとほと
歳時記ものがたり

目次

新年

春

夏

秋

冬

春

冬

新年

ほとほと

ともすれば間違えそうになるけれど、ほとほと嫌になった、のほとほとではない。擬音語に、ほとほと、というのがある。

では、どんな音を表しているのだろう。耳と感性と表現力が問われるところですね。

たとえば、お湯が沸《わ》くときの、まだぐらぐらと煮立つわけでもなく、シュンシュンと蒸気が吹き上げているわけでもなく、湯玉がほとほとと上がってくる、というのはどうですか。

牡丹《ぼたん》雪が落ちてくる様子はいかがかしら？

私はこれまで、牡丹雪はつわつわと降り積もる、と感じていたけれど、ほとほとと落ちてきても良さそうです。つわつわは比較的軽い牡丹雪だが、ほとほとだと、かなり湿気を含んでいて重い感じ。

けれど歳時記などによると、木製の何かを打つ音が、ほとほとなのだそうです。

木製と言われても一体何を打てば、ほとほとと聞こえるのだろう。木魚《もくぎょ》ではないし、卓袱台《ちゃぶだい》でもない。まな板も違うし、箸《はし》やお椀《わん》もぴんと来ない。

今の生活では思いつかなくて当然、これは木で出来た戸を叩く音なのだ。もちろん、この擬音語が生まれた当時、家の戸はみな木製だったのです。

季語としては新年に分類されている。

新年の言祝《ことほ》ぎの行事が、ほとほとと呼ばれているそうで、どうやら中国地方を含む西の方で、かつて行われていたらしい。

いずれにしても山里などの山間部だろう。蓑《みの》や笠、あるいは風呂敷などをかぶった若者たちが、神の化身となって家々を回る慣《なら》わしがあった。縁起物を配り置き、御《ご》祝儀《しゅうぎ》や酒、餅などが振る舞われる。そのとき家々の戸を叩く音が、ほとほとと鳴るので、行事そのものがほとほとと呼ばれた。

カンカンでもコツコツでもなく手を打ち当てて、ほとほと鳴る戸は、たぶん雨や雪で湿っているのだろう。密やかな、おおやけにしたくない負い目も、その音に込められている気がする。

いにしえの、とある山中の家に、正月の訪問者があった。その家には父親をあの世に見送って半年ばかりの娘が一人で住んでいた。名前はひさ代《よ》という。

村の女たちに疎《うと》まれていたのは、身持ちが悪いという風評のせいだが、そのような風評が立つのは、容姿が良いせいで男たちが何かにつけて噂話《うわさ》の主人公にするからだ。そしてひさ代はそんな噂を気にもせず、気位高く無視してきたせいで、ますます村の中では孤立した。

実際のひさ代は、貧しさに負けず背筋を伸ばして生きる潔《いさぎよ》い女だったが、十七歳のとき、村の長老の横恋慕と強引な誘いを突っぱねて以来、ふしだらな女だという噂が広まったのだ。良くある話だが、権力者の意向に添わなければこういう貶《おとし》めが待っている。

それでも父親が生きていたあいだは、孤立してはいても何とか生活できたが、働き手を失った今、さすがにひさ代は途方にくれるのだ。女手では農作業にも限界があり、わずかな田畑ではあるがそれを持参金代わりに他家へ嫁ぐのが最良の道。それは死んだ父親も言っていた。

正月が明けて、山からの風が軒端《のきば》を鳴らす夜のこと、建て付けの悪い家の戸が、ほとほとと鳴った。

風の仕業《しわざ》だろうか。ひさ代は無視した。こんな時間に人が訪ねてくることなど有り得ない。風が木切れを運んできて、それが軒端を転がった音に違いない。

けれどしばらくして、また同じ音がした。

ほとほと、ほとほと、と遠慮がちに誰かが戸を叩いている。

いろりから離れて、上がりがまちの土壁にぶら下げてある鎌をとった。鎌は良く研《と》いであった。

それを後ろ手に隠して、戸の閂《かんぬき》をそっと外した。これは風なんかではない。人だ。こんな夜更けに訪ねて来る人は、死んだ父親に違いない。父親が娘を心配して、夜風に乗ってあの世から戻ってきたのだ。

そう思うと、鎌を持つ手が震える。仏になった父親を鎌で追い払って良いものか。もし父親なら、喜んで迎え入れよう。しかし盗人《ぬすっと》か乱暴者の可能性もある。

「誰なの」

「お父さん？」

返事がなかった。父親であれば哀れにも、死者として声を失っているかも知れない。

すると風が一段とざわめき立った。

「使いの者です」

と若い声がするではないか。

「どなたの使いですか」

「天よりの使いです。少しでもこの戸を開けて、良く見てください」

その声は落ち着いて真っ直ぐ、誠実さが感じられて好もしかったので、ひさ代は戸を持ち上げるように引いて、わずかな隙間《すきま》から外を覗き見た。

風は止《や》み、闇の底がぼうと明るんで、その真ん中に不思議な身なりの男が立っていた。

ひさ代は閂をかけて鎌を置き、灯りを点《とも》してもう一度戸を開く。灯りを差しかざして良く見ると、男の顔が白茶《しらちゃ》の色に浮かび上がった。

けれどその頭には汚れた布が巻き付けられ、さらに竹の編み笠が乗っていて、灯りを少しずつ下げていくと、全身は藁《わら》人形のように長い蓑を着けていた。

「……もしやあなたは」

「この家に、天のお恵みがありますように」

それを聞いてひさ代は戸を閉め、板戸越しに言った。

「この家はまだ弔《とむら》いの匂いが残っています。言祝ぎには相応《ふさわ》しくありません」

すると男は閉めた戸に指を掛け、わずかに開けると、細い隙間に口を付けるようにして言う。

「お父上のことは存じています。けれどもう、弔い事は終わっています。この戸を開けて中に入れてください」

　そのしつこさ、執念のような気配は、ひさ代に恐怖心ではなく、懐かしい心地をもたらし、逡巡《しゅんじゅん》の溜息《ためいき》をつかせた。

　父親を知っている、というなら村の男だろう。年が明けるのを待って、神事の真似事をして訪ねてきた。他の村人には内緒でやって来たかも知れない。こんな自分に新年の言祝ぎなど、誰も思いつかないだろうから。

「……でも我が家には御祝儀もお酒もありませんよ」

「祝儀も酒も要りません。私も縁起物など持っていません。ほら」

　と言って両手を広げて見せる。蓑の下から白い手が覗いた。闇夜に開いた花のように美しい。

　ひさ代は戸を開けて、男を家に入れた。

「……私に見覚えはありませんか」

　と言われて灯りを近づけて良く見ると、村の外れの炭焼き小屋で、いつも煤《すす》だらけになって働いている男だ。どこから来たのか誰も知らなかったし、両親が誰かもわからなかった。

　妙な恰好《かっこう》をしているのでケモノじみて見えるが、大人しい男だと評判だった。村人は農作業で人手が足りなくなると、わずかな小遣いでこの男を使った。文句も言わず素直に仕事をしたので、愛されることこそなかったが、嫌われることもなく重宝がられてきた。

「……我が家には、ほとほとなど来ないと思っていました。神様も素通りするに違いないと。でも来て下さった。神様、どうぞ中に入って火の傍《そば》に来てください」

男は静かに草履を脱いだ。以前の炭焼き男とは思えない風格がある。

「……そんな恰好に身をやつさなくても、訪ねて来れば良いのに」

ひさ代は以前から、この男を自分と同類の人間だと感じていた。芯は強く、群れず、ただ一人で生きている。村人から尊敬されなくても自分らしい日々を過ごし、通りかかった村人に、少年のようなすがすがしい笑顔を向けるのを、好もしく感じていた。自分もこの男のように、穏やかな心地で生きていけたらどんなにラクだろう。

炭焼き小屋の横に囲いを作って、ウサギを飼っていた。そのウサギが村の子供たち数人に石を投げられて死んだときも、彼は子供たちに怒りをぶつけることはなく、ただじっと彼らの目を見続けた。やがて子供たちは項垂《うなだ》れ、すごすごと帰っていった。そして数日後、囲いの中に子ウサギと野菜クズが置かれていた。誰かが、後悔して償いをしたのだ。

その話を聞いたひさ代は、ますます男の心の広さを信じた。

こんな神の化身の身なりで、神事にこと借りて訪ねてきてくれたのだから、男も私を思ってくれていたのだ。嬉しかった。

「寒かったでしょう。今、お風呂を沸かしますね。暖まってください。その蓑を脱いで、頭の上の妙な編み笠も取って……先ほどはお酒は無いと言ったけれど、父が残したお酒が、神棚に供えてあるのです」

ひさ代の家の神棚は小さいながら供え物は律儀に並べていた。中央に直径十センチばかりの神鏡、左右の扉は開けたことがないけれど、手前の供え台には水、米、塩を置き、供え台の横に対の榊《さかき》を立ててある。そして父が好んだお酒の四合瓶は封を切らずに置いてあった。もちろん、神棚の天井には「雲」の字を書いた紙を貼っておいた。そこに天井はなく、雲があるだけ。雲のさらに上は神が住まわれる世界、という意味。平屋には無縁だが、二階家で神棚の真上を歩いても、こうしておけば差し障りはない。

男は感慨深げに神棚の鏡を見詰め、

「お父さまも、清らかな方でしたね」

と呟《つぶや》いた。

ひさ代は、男がどこから来たのか、親は今どうしているのかを知りたかったが、他の村から流れ着いたか、世間に隠れて産み落とされたかに違いないと思うと、気の毒で訊《き》けない。けれどそんな男こそ、自分に相応しいと思えば、この幸運を逃したくない。

蓑も笠も顔の覆いも取ってみると、まさに炭焼き小屋で働いていた男に違いなかったが、通りすがりに見ていた姿よりずっと端正な顔立ちで、目は良く澄み、鼻筋も通り、全身の筋肉は漲《みなぎ》って、気品さえ漂っていた。

男が風呂に入るのを確かめ、手狭な台所で急いで干物を焼き、芋汁を作り、裏庭のスズナで膾《なます》を作る。父親が伏せってからはお粥ばかりだったが、今は麦飯を盛ることが出来た。

ひさ代は嬉々として働き、膳を整えて男を待つ。男は身ぎれいになって現れた。まるでこのような成り行きを予想していたような準備の良さで、この先何が起きるかまで心得ているような態度だ。

冷や酒を素焼きの徳利《とっくり》に入れ、杯を二つ持って来て、まだ全身から湯気が立っている男と注ぎ合う。こんなに何もかもが上手く流れて行き、これで良いのかとかえって不安になったが、あの世で父親が準備をしてくれていたのだと思えてきた。男も、自分がここに居ることを当然のことのように振る舞っているのが、頼もしくもある。

「では、この杯を契《ちぎ》りにして」

と言ったのは男の方で、ひさ代は天上の神々に誓うように、杯を飲み干した。

喉から胃袋に冷たさが下りていき、そのあとを追いかけるように温かい感覚が真っ直ぐ落ちていく。神聖な杭《くい》に貫かれている感じが心地良い。

「長く、待っておりました」

とひさ代が言うと、男はたちまち目の縁を赤く高揚させて、愛《いと》おしむ目でひさ代を見詰める。

そのまま身体を横たえると、二人の身体はお互いに引き寄せられて繫《つな》がった。

繫がった場所が動くたび、ほとほとと、生暖かくて優しい音がした。遠くからやって来た待ち人が、ようやく辿《たど》り着いた場所で、たじろぎながらも喜び勇んで門戸を叩いているのだと思えば、ひさ代にはこの音が、いのちの鼓動に聞こえてくる。何度契ったか数えられないほど、男はひさ代を愛した。

長い夜もやがて明けそうだと判って、男はようやく身体を離す。

「もう、どこへも行かず、この家に居てください。炭焼きをやめて、我が家の田畑に豊かな実りをもたらしてください」

ひさ代が哀願すると、男はゆっくりと頷《うなず》いた。それを確かめて、ひさ代は眠りに落ちた。もはや目を開けていられないほどの満足感と疲れが、全身を浸していたのだ。

障子の外から差し込む薄い光で、ひさ代は目を覚ました。自分の衣を搔《か》き合わせ、寝乱れた髪に手を当てながら男を探したが、どこにも見当たらない。

どこへも行かないでくれと頼んだ。男はそれを承知して頷いた。あの男はウソなどつかず、必ず約束を守ってくれるはずだ。

神の化身を装い、人目を避けてやってきてくれるほどの男だから、村人への配慮もあるはずで、いきなりこの家に居着く訳にはいかないのだろうと考えた。

ひさ代は身繕《みづくろ》いして、炭焼き小屋に向かう。ひと目会って、昨夜の約束を確かめたかった。

けれど小屋の戸は開いたままで、中はもぬけの殻《から》だった。村の道を探し歩いたが、男の姿はない。

あのままどこかへ消えたのだろうか。村を出たのだろうか。

不安と激しい失意に落ち込みながら家に辿り着き、畳に打ち伏した。昨夜があまりに幸福だったので、もはや男の居ない人生は考えられなかった。今すぐにでも会いたい。

「……どこに行って仕舞われたのですか……どうか戻ってきてください。この家で一緒に暮らしましょう。約束してくれたではありませんか」

するとと頭の上から声がする。どこへも行きません、と柔らかな言葉が降ってきた。顔を上げて声がする方向を見た。声は神棚の真ん中の鏡から聞こえてくるではないか。

駆けより覗き込んで見ると、鏡の中で男の顔が照れたようにほほ笑んでいた。

ひさ代はすべてを理解した。

「……そうですか……神を装う人間もいますが、人間を装う神もおられるのですね……」

ひさ代は目を輝かし、手を合わせて言った。

「どうぞそこでゆっくりなさってください。そしてときどき、昨夜のように、私の前にお出ましください。二人でたのしく、ほとほといたしましょう」

さてその後の年月。不思議なことに女手だけのひさ代の田畑なのに、村の中では一番の豊作が続いた。ひさ代の女っぷりもいや増したが、その秘密がほとほとだとは、誰も知らなかった。

春

猫の恋

何十年と経つうち、人との出会いや出来事のほとんどは忘れられてしまうもの。目の前のことや明日への準備、家族や仕事への算段。頭の中を占領している雑事は、過ぎ去った出来事を押しのけ、消し去り、今ここに居る自分が、今日明日のすべてになる。

けれど記憶は頭のどこかに潜り込み、眠ったふりをし続けているだけで、ふとした弾みで目の前に飛び出してくる。

広大な草むらの一点が、あるときキラリと光るのは、太陽がちょうど割れたガラスの破片に反射する位置に来て、ぼんやりと遠くに立つ者の目に反射光が飛び込んでくるからだ。あの光は何だろうと、近づいて草むらを探しても、ガラスの破片は見つからない。二度と起こらないけれど決定的な一瞬。

それは時に、過去からの照射だったりもするのだ。

これからお話するのは、人生の長い時間の中でふと行きずりで出会い、深まることなく別れてそのままになったある女性のこと。名前はチャコさん。苗字《みょうじ》は知らない。チャコさんだけで充分な間柄だった。

いま、かなり離れた遠くからだが、呼びかけてみたくなった。

……ずっと感じていたのですがチャコさん、あなたは自分が思い込んでいるほど不美人ではないし、平均より少し背が低いのは確かだけど、見ようによってはそのおかげでいつまでも少女のままの可愛さが続いていたのよ……。

すでに中年になっているはずだ。それでも幼さは依然として全身にこびり付いているのではないだろうか。

少々、度が過ぎたところがあった。たとえばメンダコ踊り。酔って吐いたあとは、憑《つ》きものでも落ちたみたいに深海タコ踊りを始める。怖いものが無くなり体重さえどこかに消え去ってしまい、クラゲをひっくり返したように両手をアタマの上で交差してくねくねしているあいだは、確かにタコの足が動いているように見えるし、可愛いというか、まあセクシーに見えなくもないのだけど、さていよいよメンダコのスカートユラユラが始まると、ちょっと困ってしまう。

確かに水族館では、このメンダコが人気だった。クラゲブームも起きていた。ブサ可愛い、というモテ方も、あのころから始まった気がする。

ただタコなら可愛くても、人間の場合はブサ可愛いのを通り越して、ちょっと痛ましくなってしまう。それもチャコさんはこの芸のために、いつもは足首までのパンツしかはかないのに、プリーツやフレアーのスカートをはいて来るものだから、本当は見たくもないのに、チャコさんアレやって！と言わなくては済まされない宴会のドン詰まりの盛り上がり。

ああ、やめてよ、と本心では思っていても、ほれほれほれ、と囃《はや》し立てる残酷さ。もうこうなってくると、残酷さも快楽に変わってきて、酔いしれた吐息は奔流となって宴席をほとばしる。場を冷やすことなんて、誰にも出来なかった。

せめてスカートユラユラで終わって欲しいのだけど、拍手と歓声が最高潮に達すると、チャコさんも周りも、下着チラ見せしないことにはこの一芸は終わらない、終えることができなくなってしまった。

で、チャコさんは皆の期待に応えたのです。スカートのユラユラがさらに大きく激しくなってきて、メンダコ、メンダコ、の掛け声で、片方のスカートから生足とカラーショーツがチラ見えし、もう充分だと思いつつも、もっともっとと拍手で騒ぐのは実は女たちで、男たちの一人が、僕のチャコちゃんもうやめてえ、とその身体の前へ割って入ってようやく終わる、という奔流の顚末《てんまつ》。

このときチャコさんはストッキング無しのカラーショーツで来ていた、ということは、メンダコをやる覚悟をしていたわけで、アレやってと声を掛けなければ、がっかりするのはチャコさん本人かも知れず、となるとチャコさんがサービスしているというより、みんながチャコさんにサービスしていたのかも知れない。お互いのサービス精神も、毎度のことながら残酷なものなのです。

スポーツクラブのインストラクターとして、受付から水中歩行の指導まで毎日忙しく会員に接していたにもかかわらず、愛嬌が良すぎて本音の顔を見せなかったチャコさん。クリスマスパーティーのときサンタの恰好《かっこう》でメンダコをやり、最高の盛り上がりを作り出したのは良いけれど、あのときのサンタの白髭《ひげ》の下の顔は笑ってなどいなかったのを、私だけでなくみんな知っていた。

灰色の猫の写真がプリントされた年賀状に、このたび猫と結婚しました、とあり、いま最高に幸せです、と書かれていたのは、そう遠い昔ではない。スポーツクラブを辞めた翌年ぐらいではなかったかしら。それはおめでとうございます、メンダコより猫の方がチャコさんを幸せにしてくれると思います、と一行加えて賀状の返事を書いた。出したあとで、まずい一行だったと反省した。スポーツクラブのチャコさんとは別の顔で読まれたなら、落ち込ませてしまうかも知れなかった。

　スポーツクラブ仲間での何度かの飲み会で、チャコさんが大声で主張していたのは、パウンドケーキや食パンは、端っこの切れ端が一番美味しくて栄養もあるのだと言う珍説だった。栄養はともかく、焼いた物なら確かに端のところが香ばしいのは解る。この端っこの美味しさを知らない人は可哀想だとも、大袈裟に同情して見せた。大きな胸を揺すり、端っこよ端っこ、と声高に叫ぶたび、ぱっつんのパンツから盛り上がった太股の筋肉が、水揚げされたばかりのマグロの腹のように輝いた。

　彼女の端っこ説は、チャコさんと顔を合わす機会が無くなったあとも、ロールケーキや食パンに包丁を入れるとき、記憶のどこかからよみがえってきたけれど、それは一瞬のことですぐに忘れた。

　スポーツクラブは経営会社が変わり、名前も全国規模のローマ字の名前になった。途中で大きな改装工事も行われ、私はそれを機にクラブの会員でなくなり、歩いて行ける近くのジムに入会した。けれどそれも会員が集まらなくて、無料招待券をあちこちに配ったあげく、結局数年で倒産した。

　この業界は安定した経営が難しい、という以上に、それだけの年月が経ったということだろう。私はいつしか、激しく身体を動かすスポーツクラブを必要としない年齢になっていた。

　木枯らしと呼んで良いほどの雪まじりの突風が吹き荒れた数日があると、そのあとに雲間から陽《ひ》が漏れる穏やかな日が来る。季節が少しずつ、一ミリ単位で動いているようで、それは気付かぬうちに手の平の上に、水仙の匂やかな香りを置いていき、水仙が投げ入れられた手水鉢《ちょうず》の水面に、和らいだ空を映してくれる恩寵の日がある。

　私は母親の看病のために、住まいから車で三十分離れた介護施設に来て居た。水仙の手水鉢は、その施設の玄関に置かれていて、いつも季節の花が投げ入れてあった。

　今日もまた母親は眠りこけているだろう。寝息で生きているのを確かめ、耳元でただ、来たよ、と囁《ささや》き、どこか痛いところある？　と訊《たず》ね、無い！　と怒ったように返事するだけのコミュニケーションに満足するしかないのだと、水仙の前に一瞬佇《たたず》んで、鈍重な、けれど薄明るい安堵を覚えたのだった。

　母はあの水仙から半年ばかり経った夏の終わりに、九十歳であの世に旅立った。最後まで、痛いところある？　無い！　の短い会話は続いたけれど、無い！　というそこだけ鋭い声の中には、思うにまかせぬ自分の身体への苛立《いらだ》ちがあったような気がする。

　記憶が前後するが、確かにあの水仙の日のことだ。母親の介護を終えた帰り道に、その頃オープンしたばかりの高級スーパーがあり、食料品などを買って帰るのが楽しみになっていた。

　場所から車で来るお客が多く、駐車場があるスーパーの二階へと続く坂を上ろうとして、はっとブレーキを踏んでしまったのは、広い道路からスーパーの敷地に入ってきたとき、座り込んだ女が横長の看板を立てていたのを、通り過ぎたあとで意識が舞い戻って、あれ？　と思ったからだ。

　ハンドルを切る一瞬に目に入っただけなので、看板に何が書かれていたかも読んでいないし、あの女が誰かに似ていた、ということだけでそれが誰かも思い出せなかった。車を停めてドアをロックした瞬間、チャコさん、とその名前を思い出した。チャコさんに似ていたがと。

　一階に下りて、入り口の歩道に腰を下ろしている女の横顔を見ると、彼女のようでもあり違う気もした。会う機会もなくなって、すでに十年を超える歳月が経っていたし、もし彼女であったとしても気付かなくて当然、食料を買い込んだ車で前を通り抜ければ良いだけのこと。

　一旦はそうしようと決めたものの、あの看板に何が書いてあるのかが気になった。チャコさんであろうと無かろうと、それだけは知りたかったので、ビニール袋を下げた老人に寄り添う恰好で、敷地の入り口へと歩いて行った。

彼女が振り向いたのと、私が目を逸《そ》らしたのが同時、あら、と声がかかり、私は逃げ出せなくなった。

「……もしかしたら、と思って」

私はいきおい良く笑顔を作る。やはりチャコさんだった。それには間違い無いけれど、全身すべてが昔のチャコさんではなかった。黒く汚れた顔は小さく痩《や》せ衰え、洗っていないためにあちこちが固まって見える短い髪の半分は白髪だった。服装はと見ると、安物のビーズがあちこちにくっついたブラウスと土の付いたジーンズ。看板には「猫に去勢を」とマジックで書かれていて、彼女の横を見ると首に紐が括《くく》り付けられている猫が、死んだように寝転がっていた。

私は途方にくれて、猫を見た。年賀状の写真と同じ猫かどうかは解らなかった。むっくりと顔を上げ、一度私に向かって歯を剝《む》き声を上げたが、すぐにまた目を閉じた。

私は母を思い出した。拒絶と諦めの気配が猫の周りにも漂っていた。

「あの時の猫ちゃん？」

猫の平均寿命はどれくらいだろう。

「そうなの、あの時のマロン。ほらマロン、挨拶して、お友達のおねえさんよ」

と紐を引っ張るが、ミャアと歯を見せただけで眠りこける。人であれ猫であれ、こんな状態は生命の終わりに違いない。私はどうすればこの場から離れられるかを考えた。

　チャコさんの目に獰猛《どうもう》な懐かしさが湧き出してきて、そこに熱が流れ込んでいる。離れるのは簡単ではないと判り、私は猫の傍《そば》に腰を下ろした。母もそうだ。そろそろ帰ろう。もう立ち上がっても良いだろうと、タイミングを探しているときに限り、母の手が伸びてくるのだ。

「去勢って？　この猫に？」

　もう一度看板を見た。

「そう、この子モテる子だから、去勢しなくっちゃ駄目なの。でもお金がかかる」

猫の去勢を理由に、高級スーパーの前で、やってくる客に施しを求めているのだろうか。ふさぎかけた胸に無理やり息を吸い込んで言う。

「……モテるのは猫にとっても幸せなんだから、去勢は可哀想じゃない？」

「凄い声でなくのよ。サカリがついて、毎晩オス猫に狂って、アソコをベトベトにして戻ってくるの。私、殺してやろうかと思ったもの」

　私はたじろぎ、その光景を想像しないように顔を背ける。ベトベト、という声がチャコさんの顔面で匂う。

「二万円、いえ、一万円でやってくれるの、やさしい獣医さん」

「……そうなの、一万円でね」

私は理由もなく追い詰められていた。

「可哀想よねこの子」

と彼女が脅迫的に呟《つぶや》く。可哀想なのは猫かチャコさんか私か判らなくなった。一万円でこの場から逃れられる、とだけ考えた。

「本当よ、見たことないでしょう、腰が抜けたようになって、一晩中鳴き声を上げて、最後はお腹も足もベトベトになって……殺すしかないよね……私、一度もそんなことしたことないのにこの子ったら……」

私はチャコさんの声に鋭い呪い火を感じ、あろうことか、母はすでに亡骸のように痩せ衰えているけれど若いころ、この猫のような場面があっただろうか、いや、私自身にあっただろうかと瞬時に思い巡らせ、ふたたびチャコさんの目に射すくめられた。

チャコさんのメンダコ踊りのスカートユラユラが記憶の片隅を通り過ぎ、あれからのチャコさんの日々が胸を突き、耐えがたくなった私は財布から一万円を取り出した。

「ありがとう、ほらマロンもお礼を言いな！」

「……去勢か」

紐が引っ張られると猫は、頭ごとズルっと歩道のアスファルトを滑る。目が恨めしげに私を見上げた。けれどこの猫はもう、去勢手術の必要は無い。早晩死ぬに違いない。

「……上手く行くといいね」

と言い置いて立ち去ろうとしたとき、後ろから哀れみを乞うような物静かな声が追ってきた。

「あのさあ、一つ言ってもいい？　クリスマスの夜、三人でタクシーに乗ったよね？　トモさんと三人で」

トモさん？　あ、あのカッコイイ税理士の卵。会員にそんな男がいたのをぼんやりと思い出したが、三人でタクシーに乗ったかどうか。

「私、当たり前みたいにタクシーの助手席に座って、おねえさんは当たり前みたいにトモさんと並んで後ろの席に座った。ほんとは私、トモさんと後ろの席に座りたかったんだよ。クリスマスだったし……おねえさん、ちゃんとダンナさん居たのにさあ……」

そんな場面があったかどうかなど、どうでも良かった。私は怒りの目で振り向いた。

「何が当たり前よ！　あんたの当たり前が間違ってる！　そういうときは、私を押しのけてトモさんの横に座ればいいのよ!」

言い放つことで、吹き上げて来そうなものを押し潰した。

私は何に怒っていたのだろう。

チャコさんは目を伏せて、そうだよね、と力なく言った。

春の闇

身体は謎に満ちている。視界に入っているはずなのに網膜が認識していないのかまるで見えていなかったり、見えるはずのないものが、たしかに在《あ》った、この目で見た、と確信したりすることも良くある。ずっと後になって、あの瞬間に目の前を通り過ぎたものはコレだったのか、と気がつくこともある。

太陽が照らす真昼間には見えなかったものが、夜の闇の中ではっきりと見える、などということさえあるので、人の五感は全くもってあやしく不確かである。願望や好奇心、あるいは警戒心が、それと気付かぬうちに入りこんでいるのだろう。

小学三年生の海太《かいた》は、学校の帰りに毎日のように寄り道をする。そのことを父親も四歳違いの姉も知らない。

海太が小学校に入る直前の冬に、母親が脳梗塞《のうこうそく》で死んだ。自転車に乗って買い物に行った帰りに突然倒れたのだ。卓球とヨガに通っていて、病気などしたことがなかっただけに、家族だけでなく友人たちも、悲しむ以前にただ呆然とした。けれどそれは現実に起きたことなのだ。

それ以来父親と姉が海太の母親代わりを務めてくれているが、姉もまだ中学生になったばかりで、自分が寂しさに耐えるのが精一杯。ときどき姉は海太に八つ当たりし大声で叱《しか》るのだった。

海太も反発して言い返す。そして二人とも黙りこくる。家事代行サービスの小母《おば》さんもあきれて溜息《ためいき》をつく、といったような毎日。

急いで家に戻っても面白いことが無いばかりか姉と口喧嘩になってしまう。海太の寄り道が始まったのはそんな理由からだ。

通学路になっているアーケードの真ん中あたりに額縁屋《がくぶちや》があり、その横の細い階段を上った二階に小さな画廊がある。階段の上がり口に滝川画廊という小さなプレートが貼り付けてあった。額縁屋と画廊は同じ経営者だろうと海太は想像している。

額縁屋の奥の椅子には、いつも赤いベストを着たおじいさんが座っていて、海太が階段を上がって行くのを目で追っているが、何も言わない。

画廊には人が居ない。通りに面した窓はカーテンが閉められて、壁の絵を照らし出す照明が天井から落ちているだけだ。

とりわけ一番奥の、中ぐらいの大きさの絵は、照明が当たってはいるものの薄暗い。海の底にようやく届く程度の明るさだ。

海太は真っ直ぐその絵に向かう。

描いたのは女性で、もちろん海太は知らない名前の画家だ。絵のタイトルは「窓」で、何だかぴったりしすぎてつまらなかった。

キャンバスの真ん中に旧《ふる》くて細長いアパートが描かれていて、左端に一本の街路樹が立っている。夕暮れ時のぼんやりした時刻のようで、並んだ六つの窓は灯りが点《とも》っている窓とまだ点ってないものがある。海太の目には二つだけ灯りがついているように見えた。けれど灯りがついていると言っても、電灯が奥の方にあるらしい薄灰色にぼんやりした部屋と、ガラス窓を内側からオレンジ色に染めている部屋とがある。右端の窓には半分だけカーテンが引かれているが、その部屋は暗いままだ。

空はもう紺色に暮れていて、道路にはあちこちに水溜《た》まりがある、ということは昼間雨が降ったのだろう。水溜まりには暮れ残った空が鈍い色に浮いている。湿った空気が立ちこめているのは感じられるが、水溜まりは薄紙を切って置いたようで、あまり上手とは言えない。

けれど海太は、この絵があまり上手ではないところが好きなのだ。紙を置いたような水溜まりや、灯りが点っているのか消えているのかはっきりしない窓。何か大事なものを描き忘れているようなちぐはぐな感じが、気に入っている。

とりわけ右から二番目の窓は、内側からの光が漏れていて人影が動いているように感じられることがある。ときに話し声も聞こえてくる。母親が姉を叱っているのだ。

早く弟に謝りなさい！

いやよ！　悪いのは海太だもの！

あんたは姉さんなのに、弟をいじめて、悪い人間だ！

悪いのはあいつ。私はちっとも間違ってない！

海太は思わず笑う。そして急に寂しくなって絵から視線を落として俯《うつむ》く。母親と姉が、そんな風に言い合ったことがあった。どんな時だったかは覚えていないけれど、母親は平等だった。自分の味方になって慰めてくれた。

そもそも海太がこの画廊に来るきっかけは、一階の額縁屋のおじいさんだった。店先に絵ハガキ用の小さな額縁が並べてあって、その中に箒《ほうき》に跨《また》がった魔女の絵があった。黒いマントと三角の帽子姿で、海太目がけて空から突進してくるような迫力があり、通り過ぎる瞬間、その魔女と目が合ってしまったのだ。恐ろしい表情で、何か叫びながら海太に突っ込んでくる。ちょっと後ずさりしたものの、視線を外すことが出来なかった。

「ぼく、その魔女が好きなのかな？」

とおじいさんが声を掛けてきた。

「いえ、好きではないです」

「でも、気に入ったんだろう？」

「違います」

おじいさんは、この絵ハガキを額縁と一緒に売りつけようと思っているのか。けれど海太は百五十円しか持っていなかった。

「……その魔女、何か言ってるだろう？」

おじいさんに言われて見ると、確かに声が聞こえてきた。

そこ、どきなさい！　この箒で身体に穴を開けるわよ！　私、身体に空《あ》いた穴を通り抜けるのが大好きなんだから！

「……ぼくの身体に穴を開けるって」

「それは大変だ。身体に穴が空いたら、生きてはいられない」

「これ、いくらですか」

値段を聞いてもどうせお金は足りない。けれどももし買うことが出来たなら、額縁から絵ハガキを取り出して、燃やしてしまうことが出来る。燃やしてしまったらもう、魔女もこの世に戻ってなど来ることは出来ない。母が横たわった棺《ひつぎ》も炎で燃やされて灰になった。

「二階の画廊に、この魔女を描いた人の絵があるけど、見て行くか？」

おじいさんは二階へ上がる階段を、顎《あご》で指し示した。海太は行きがかり上断ることが出来なくなって、階段を上がった。そして十枚ほどの絵が掛けられた壁を順番に見てまわる羽目になったのだ。

けれど魔女の絵に似たものは無かった。どれが同じ画家の絵なのかも見当がつかない。魔女の絵はペン先で紙を引っ掻《か》いたような線で描かれていて、そこにうっすらと絵の具が塗られていたけれど、壁に飾られた絵はみなもっと大きくて、ペン先で描いた絵は無かった。全然違う描き方なのだ。そして全部の絵が皆、違う画家の絵だと判ってきた。絵の右傍《そば》に、タイトルが小さな紙に書かれていて、例えば「春霞《はるがすみ》」とか「思索と夢想」とか「麦の風」とか「海鳴り」などとあり、名前も一緒に記してあるのだが、男だか女だか判らない画家ばかりで、全部違う名前だった。

海太は一枚の絵に吸い寄せられた。それが「窓」という絵だった。じっと見詰めていると、夕暮れの空から何かが落下してきて、それが並んだ窓の一つに滑り込んだ気がしたのだ。滑り込むとき、魔法を使ったように窓が三十センチぐらい開いて、カーテンがひらりと内側に動いた。目にもとまらぬ速さだった。入って行ったのはあの魔女だった。

すぐに窓が閉まり、カーテンも閉じられたのだが、その部屋はいつまで経っても暗いままだった。

海太は一階に下りておじいさんの目を見た。「どうだね、同じ画家の絵が見つかったかね？」

「……たぶん、あの絵だと思います」

「ほう、どの絵かな」

「窓、という絵です」

おじいさんはちょっと驚いた顔になり、二、三度頷《うなず》き、

「……ぼくはなかなか絵を見る目があるなあ」

と言った。

「本当にあの絵と魔女を描いた人は同じ人ですか？」

「そうだよ、でもどうして判った？」

海太は説明した方が良いのかどうか考えたが、自分はどうせ子供なのだから笑われ

ても構わないと思って言った。

「……あの窓の中に、魔女が飛び込んで行ったのが見えたのです。空の真ん中から急降下して、開いた窓の隙間《すきま》からビューンと……」

おじいさんは深刻でやさしい目で近づいて来ると、海太の頭に手を乗せた。

「やっぱり見えたのか……君には見えるんじゃないかと、ちょっと期待していたんだが、期待通りだったな」

「魔女があの窓に入ったのは、ボクの見間違いでは無かったのですね」

「そのとおりだ。ほら、これを見てごらん」

いくつも並べられていた絵ハガキの額縁の一つが、真っ白の紙になっていた。他の絵ハガキには、キレイでもなければ怖くもない絵が描かれていたのに、一枚だけ真っ白で、そこには魔女の絵が入っていたはずだった。

「君が見たものは間違いではない。ここに居た魔女が君のあとを追って階段をビューンと上がって行くのが見えたから、あの窓のどれかに飛び込んだんだ、それを君は見たんだ」

海太はおじいさんの真面目な目つきが怖くなり、それ以上に自分の目が怖くなった。

「いつでも見に来て良いよ。魔女はその日の気分で、この小さな額縁に入ってすごんでみたり、それに飽きたら二階に飛び上がって窓に入って休むんだ……気が向いたら、君と話しをするかも知れない。話してみたいだろう？」

海太は首を大きく横に振った。面と向かえば、きっと食いつかれるか、身体に穴を開けられて通り抜けられてしまう。箒に跨がった身体は全長で十センチ程度だが、あんな凄いスピードで空中を飛ばれたら、弾丸のようにぶつかってきて血が流れ、殺されてしまうだろう。

それ以来海太は、もう二度とこの額縁屋に立ち寄らない決心をした。けれど前を通るとき、おじいさんに会釈だけはした。おじいさんと目を合わすのが鬱陶《うっとう》しくなり、小走りに駆け抜けて家に帰ることもあった。

だが登校時はアーケードの反対側を歩くから大丈夫だが、下校時はすぐ前を歩くので店の中を見ないようにするにも努力が要り、ある日その努力を忘れて、並んだ額縁にふと目が行ってしまった。

魔女は居なくて、真っ白い紙が入っていた。

すると奥からおじいさんの声がした。

「魔女はいま、自分の部屋で眠っているよ。昨日は月がキレイだったから調子にのって弾丸ごっこをやって疲れたらしい。あやうく人工衛星とぶつかりそうになったみたいだ」

海太は二呼吸分迷ったが、結局階段を上がって行った。六つの窓を一つ一つ見たが、魔女の影は見えなかった。

そしてまた、以前のようにこの階段を上がることになった。魔女が窓の隙間から飛び込むのをもう一度見たいと思ったが、どうしたわけか二度とそんな飛行物体は見えない。店に並べられた額縁も白いままだった。

そのかわり、不思議な現象に気がついた。六つある窓の一つか二つに灯りが点っているのだが、それが毎回違う窓なのだ。昨日は一番右の窓に灯りがついていたが、今日はその窓は暗く翳《かげ》って、三番目がぼうっと砂色に染まっている、と言う具合。もしかしたら海太が来たのを知って、ちょっと魔法を使って見せているのかも知れなかった。

ある春の日のこと、画廊の照明が深い藤色を帯びていた。いつものように海太が窓の絵の前に立つと、全部の窓から灯りが消えていた。魔女は額縁の中にも居なかったし、どこかへ飛び立って行ったのか。おぼろな月が気に入って、湿った夕暮れの大気を切り裂きながら、弾丸の箒に乗って地球をぐるぐる回っているのかも知れなかった。

どの部屋にも居ないと思うと何だか寂しく、けれど恐怖心も消えて、海太は自分自身がバカバカしく感じられてきた。

「もうあんたなんて怖くないよ。妄想というやつだと判ったんだ。最初はあんたの目に睨《にら》まれたら命が縮む気がしたし、身体に箒ごと刺さったら死んでしまうと思った。けれどあんたはただの絵でしかない。今はもう、ボクは知って居る。あのとき一階のおじいさんはボクがこの二階に上がっているあいだに、こっそり額縁の中からあんたの絵を外してどこかに仕舞い込んだんだ。ボクがよほど寂しい顔をしていたんだろう。ちょっと脅かして、面白い話を信じさせて、慰めてやろうと思いついたに違いない。

　ボクはもう、あんたなんか恐れないし、たった十センチの箒に乗った黒い身体なんて、もし飛んできたなら握り潰してやる。なぜか教えてやろうか。ボクは昨日、姉さんと喧嘩して勝ったんだ。馬乗りになってバカバカ殴ったら姉さんが泣き出した。姉さんが泣いたのを初めて見た。あんたなんかよりずっとデッカい身体の姉さんに勝ったんだ。もうあんたに興味が無くなった。今日でさようならだ」

「……姉さんはなぜ泣いたのかな」

　海太の真後ろで声がした。驚いて飛び退《の》いた。誰もいなかった。けれど海太の背中に何かがくっついている。

「……姉さんが泣いた理由は、君に殴られて痛かったからかな？　違うよね？　違うことを君は知ってるはずだ。君は殴りながら、お母さんはもっと優しかった、姉さんより百倍も優しかった。母さんに会いたい、と叫んだだろう？　姉さんも父さんも要らない、母さんさえ生き返ってくれればいい、そう叫ばなかった？　姉さんが泣いたのは、そのせいだよ。姉さんも同じ気持ちだったからだよ。君は全くバカだな、相手を泣かせたら自分が勝ったと思うなんてバカな子供だな。全くどうしようもないね」

背中の小さなかたまりは天井に飛び上がり、天井の壁にぶつかると、あ、と声をあげ、ふてぶてしくからかうように海太の周りを数回旋回したあと、絵の中に突入した。

そして六つの窓全部に左から順に次々と灯りを点していき、右端の窓まで来ると窓をちょっとだけ開けて黒い顔を覗かせ、ニヤ、と笑って窓を勢いよく閉めた。誰かに似ている顔、聞いたことがある声だったが思い出せない。いつか思い出せる気がした。いや本当は、思い出していた。胸がつぶれて泣き出したいほどなつかしい声。

海太はただ、さようなら、と小声で呟《つぶや》いた。

ボク、大丈夫だから。

エイプリルフール

昔の物語には、しばしば翁《おきな》と媼《おうな》が登場するけれど、穏やかな容姿が特徴的で、大抵は杖《つえ》をつき、腰は曲がり、翁は白髪に白い髭《ひげ》を垂らしていて、媼の方は髪を後ろに束ねている。その典型的な姿が、能楽の「高砂」だろうか。

そんな老人や老女を、最近は見かけなくなった。街を歩いていても、家庭の中に入り込んで眺めても、いやいや老人用の施設に行って探しても、かつてのモデルとなったお爺さんやお婆さんはいない。

杖をついた白髪の笑み、弱り行く身体を自覚しながらも、知恵と安らぎを与えてくれる老人像が消えて、死ぬまで強い自我を貫き、自らの思いを諦めない新老人が増えてきている。高齢化社会とは、老人らしい老人が居なくなることなのかも知れない。

ここにその新老人の典型とも言える長部結衣子《おさべゆいこ》がいる。すでに八十二年のよわいを生き抜いて、ついに死の時を迎えようとしていた。

戦後の貧しい時代に少女時代を過ごしたおかげで、結衣子には強い意志と忍耐力があり、ここぞという時には勝負に出る度量と判断力もそなわっていた。仏壇屋の店主と結婚して一男一女を産み、子供が育ったあと、夫を説得して洋装店を出したのが見事に繁盛した。

それだけで満足せず、洋装店の裏庭にあった木造の建物を改装して長部洋裁学校を設立し、校長に収まった。数年後にそれを五階建てのビルにして一部を貸しビルにした。

洋裁学校も貸しビル業も時代の先鋒《せんぽう》としてことごとく成功したのだった。婦人雑誌の最後に、裁縫用の型紙や図形のページをおまけに付けると、売れ行きが良くなった時代のことである。当時は、裁縫が女性の教養でもあったのだ。

けれどそんな時代も去った。息子も娘も結衣子から離れて家庭を持ち、今はときどき孫娘が訪れるだけだ。結衣子の強い気性を子供たちは敬遠し、老人扱いしようものなら本気で怒るその妥協の無さに、家族といえども辟易《へきえき》していたのである。

大事に育てた洋裁学校を、結局人手に渡す羽目になったのは、時代が変わって手作りの洋服が必要なくなったことが大きな原因だが、時代の変化を受け入れることが出来なかった結衣子の性格にも一因がある。

八十歳になったとたん、病が襲ってきた。不治の病は、長い年月をかけて虎視眈々《たんたん》と結衣子の命を狙っていたのだが、それを無視してきたツケが、一斉に降りかかってきたのだ。

和室が付いた高級な介護施設で、手厚い治療を受けている結衣子だが、その自尊心は少しも目減りしておらず、最近は排他的で剣呑《けんのん》な言動が強まっていた。

自分はこの施設で、庭に咲く花を見ながら死ぬ権利がある。そのために入所の折に高いお金も払ったのだし、今も十分なお金を持っている。私の人生は私だけのもの。息子も娘もアテにはならないし、もしかしたら遺産をねらっているか、そこまで非情ではなくとも、いざその時がくれば、私への哀惜《あいせき》より、何の苦労もなく受け取ることが出来る遺産への感謝の方が、大きいかも知れない。

結衣子は子供たちと仲が悪いわけでは無かったが、決して丸ごと信用もしていなかった。

自立とは、自分の欲望を手放さないことでもある。結衣子は最後まで自立した女として死ぬ覚悟が出来ていた。

結衣子が唯《ただ》一人、手放しで信じ愛していたのは孫娘の由里《ゆり》だ。小学五年生。

結衣子の施設がある街に、中学受験用の予備校が出来て、週末になると結衣子の施設に泊まって行くようになった。毎週土日に行われる講習を受けるためだが、本人は受験勉強に熱心ではなく、結衣子のベッドの隣の和室に寝転がり、親の目が届かないのを良いことにゲームを楽しんでいる。由里にとっては、結衣子の施設が、息苦しい毎日からの解放になっているらしかった。

定期的に往診してくる医者に結衣子は、真正面から質問して、おおよその余命を知った。それは結衣子が考えていた時間よりかなり短かった。すべてを受け入れる覚悟ができていたにもかかわらず、結衣子は突然、自分の人生に何かが不足している気がした。

……私は事業に成功した。満足している。けれど型紙以上の洋服は作らなかったし、型紙以上のものを若い人に与えることも出来なかった。事業のパートナーと一緒に夢を見たことも無い。本心から人を信じることはなく、応援してくれる人と言えども常に上の立場から指示し、それが通らなければ上手に首を切った。だから事業は上手くいったのだが、私は本当に誰かを愛し、誰かに愛されたのだろうか。人の心に何かを残せたのだろうか。

結衣子の心は、身体と同様に弱っていた。

由里が現れると、結衣子はベッドから起き上がり、由里の顔を撫《な》でる。美しい少女に育ちつつある。長い髪も切りそろえた前髪も艶つやとして清潔だ。結局自分に残るのは、この美しい花だけか。

この一輪の花はまだ何も汚れを知らず、どんな色にも染まる幼さだ。その唯一の花である由里が、時間さえあればスマホのゲームを手放さないのはどうしたことだろう。今日は四月一日、春休みのまっただ中で、外は大気が揺らめくほどの美しい日だというのに、この調子では一日中部屋の片隅でゲームをしているのかも知れない。

「由里ちゃん、それ何のゲーム？」

楽しみの邪魔をしては可哀想、と思いつつ、結衣子はつい声を掛けてしまう。

「……人魚姫バトル」

由里はゲームから目を逸《そ》らさずに返事する。

「……人魚姫の童話は知ってるよ」

「うん、その人魚姫が闘うの」

人魚姫は人間の男と恋に落ちるのではなかったか。

「誰と闘うの？」

「海の殺人者。牙と角を持ってて、触角を振り回して感電死させる。闇の王国を支配するためなの」

「……闘って負けたら、人魚姫は殺されるの？」

「そう。でも生きのびる方法があって、人魚玉の中に逃げ込む」

「人魚玉、どんな玉なの」

「目玉ぐらいの大きさで、どんな武器でも壊れないほど固くて感電もしない。小さな穴が空《あ》いてて、そこにするっと滑り込む。人魚玉には殺人者も手を出せないから……」

「目玉ぐらいって……すごく小さいね」

「人魚は糸になるクスリを飲めば、糸になって人魚玉に入れる。でもそのクスリは殺人者の触角の先にあって、手に入れるには死ぬ覚悟が必要なの。でも人魚玉に入れてうまく浜辺に打ち上げられたら、人間に生まれ変わることが出来て、もっと大きい人魚玉が手に入る。最強の人魚玉」

急に饒舌《じょうぜつ》になった由里。良く判らないが、人魚姫も海の殺人者も、進化しながら闘い続けているらしい。

「バトルはうまく行ってるの？」

「二十四回闘って、三回だけ人魚の勝ち」

「だったら人魚玉は」

「まだ目玉の大きさのまま」

人魚玉は生まれ変わるためのカプセルで、強く生まれ変わるためには、死ぬ覚悟が必要なのは判った。結衣子はそれ以上ゲームの内容を聞くのを諦めた。

けれど、最後にひと言だけ、由里に聞こえるか聞こえないかの小声で、けれどかなりはっきりと呟《つぶや》いた。

「……ということは、あれね、あの玉が人魚玉だったのか……」

由里はその呟きを聞き逃さなかった。そのとき手元のゲームでは、人魚姫は瀕死《ひんし》状態で、これ以上殺人者に負けたく無かったので、スイッチを切ろうかと思っていたところだったのだ。

「おばあちゃん」

「なに？」

「人魚玉って、どんなのか、見たことあるの？」

「無いわよもちろん。でも、もしかしたらあれは、人魚玉だったかも知れない。目玉ぐらいの大きさで、小さな穴が空いていて、中を覗くと何かキレイなものがひらひら動いていた……きっとあの玉のことだね」

由里の目が、疑いながらも結衣子の言葉に吸い付いてきた。大成功だ。

それから三週間して、結衣子は死んだ。

由里は施設の部屋を片付けている母親に言った。

「……あのね、おばあちゃんと海にお散歩に行ったの」

「え、それ、いつ？」

春休みのあの日だった。ぽかぽかと空に光りの細波《さざなみ》が流れていくような暖かい日、結衣子は由里を誘って、海まで出掛けたのだ。施設の人には見つからず、秘密の探検ごっこのようにこっそり建物を出たけれど、結衣子はときどき立ち止まり、倒れそうになってはまた必死で足を動かした。

由里は帰ろうと何度も言った。海に着くまでに死んでしまうかと思ったからだ。

「……そうだったの……由里と二人で散歩にねえ……最後のお散歩は由里が一緒だったのか」

「もう一度行ってきてもいい？　おばあちゃんと約束したから」

「え、なんの約束？」

「人魚玉を探す約束」

簞笥《たんす》の引き出しの中身をバッグに詰め込んでいる母親は、良く判らないまま、行ってもいいけど三時にはパパが迎えに来るから、それまでに戻って来るのよ、と言った。

由里は海岸に向かって歩きながら、ゆっくりゆっくり足を動かす祖母の手のぬくもりを思い出している。あのとき祖母ははっきりと言ったのだ。由里ちゃん、あの海岸で確かに見つけたのよ、人魚玉。でもそんなに凄い玉とは知らなかったので、捨ててしまった。もしかしたらあの中に人魚姫が糸になって入っていたかも知れないのに。

でも、人魚玉はゲームだよ。

由里は祖母のアタマがヘンになっているのだと思い、何度もゲームだからと言った。すると祖母は首を横に振り、苦しそうに、でも由里に言い聞かせるように声を出した。

人魚玉はたしかに浜辺に在《あ》った。由里ちゃんのおかげで気がついた。あれは間違いなく人魚玉だった。すごくキレイだった。あのとき気がついて、大事に持って帰れば良かったのに……ああ、何てバカだったんだろう。施設に入ってすぐのころ……浜辺を歩いていたら、ただの汚い石ころがいっぱい転がっていたの……でもその中に、一個だけ白くて丸くて、他の小石とは全然違う玉があったの……大事な命が入っていたのに、おばあちゃんは気がつかなかった……あのとき気がついていれば良かったのに

……

由里はもう、何も言わずに結衣子と手を繫《つな》いで海岸まで来た。浜辺に下りて二人で足元の小石を一つ一つ探して回ったけれど、昔結衣子が見つけたという白い玉は発見

出来なかった。

そのとき結衣子は、喘《あえ》ぎ喘ぎ、由里に言ったのだ。

由里ちゃん、おばあちゃん死んだときはここに来て、おばあちゃんの代わりに、人魚玉を探してくれる？　おばあちゃんは、あの玉のことだけが心残りなの。命が入っている人魚玉……必ずどこかに在るから、諦めずに探してね？

あの日の結衣子を思い出すと、由里はなぜだか涙が止まらなくなった。

おばあちゃんの死体を見た時も、焼き場でみんなが泣いていたときも、涙はこぼれなかったのに……

約束は約束……ちゃんと人魚玉を探すからね……でも見つからなかったらごめんね。

海も空も、あの日より暑くなって、白茶けていた。波音だけが大きくうねりながら繰り返し押し寄せてくる。水平線には行き場のない光線が押し合いへし合いしながら、固まって揺らめいている。

由里は結衣子と歩いた浜辺を、あの日と同じように歩く。ズックの裏から小石の感覚が伝わってきた。前のときより小石が熱い。

「おばあちゃん、どんな玉って言ってたっけ？　白くて丸かったんだよね」

呟きながら足元を探す。

「そうだよ、目玉ぐらいの大きさ」

不意に結衣子の声がした。由里は立ち止まり身体を回して周りを見たけれどだれも居ない。足元の小石を一つ一つ確認しながら、また呟いてみた。

「おばあちゃん、本当に人魚玉だったの？　そんな小さな玉はもう、海の底に流れて消えていったのかも……」

「由里ちゃんは、諦めが早すぎる。この浜辺で見つけたのだから、必ずあります」

結衣子の声は、ちょっと怒っていた。

「……今日見つからなくても、また探しに来るからね」

言い訳しながら歩いていたのだが、さすがに疲れて、小石の中に砂地を見つけて座り込んだ。膝小僧がなぜか金色に光っている。水平線からやってくる光線も金色。海面で戯《たわむ》れていた水蒸気や波頭も、金色の粉をまぶしたようにキラキラしていた。きっとおばあちゃんが魔法を使ったのだろう。

由里はおかしくなって笑う。何で自分はこんなところに蹲《うずくま》っているのだろう。けれどこうしているのが楽しいし、ゲームで勝ったときよりドキドキしている。世界中のパワー、宇宙のエネルギー全部が、自分に集まっている気がする。

ふと足元に目が行った。ズックの先からすぐのところに、他の石より小さな、すべすべとした白い小石がある。手に取ったとき、由里は悲鳴をあげそうになった。ちょうど目の玉の大きさで、おまけに黒目のところに小さな穴が空いているではないか。

覗いて見ると、中がぼうっと明るくなっていて、何かが動いている。一度目を離して、もう一度覗きこんだ。女の人の背中がゆらゆらと動いている。人魚姫だ。

「あったよおばあちゃん！　人魚玉を見つけたよ！」

由里が叫ぶと、この近くにいるらしい結衣子はふわりと由里の耳元に寄って囁《ささや》いた。

「探してくれた由里の力だね。信じてくれてありがとう」

由里はドキドキしながらこの人魚玉をポケットに仕舞った。けれど思い直して小石の間に戻した。由里は学んでいたのだ。人魚玉を信じさえすれば、いつでも人魚玉は見つかるし、もしポケットに入れて持って帰っても、疑ったとたん、人魚玉はただの小石になってしまうことを。

夏

翡《ひ》翠《すい》

五月の誕生石は緑色をしている。代表的なのがエメラルドと翡翠。緑色は目にも美しく精神にも落ち着きを与えてくれるし、何より大自然の営みや樹木の新芽を思わせる。樹木の新芽には穏やかな陽射《ひざ》しが必要なので、この五月という季節に溢《あふ》れる緑色はおしなべて、豊かな光と新しい生命、そして再生を象徴している。

とりわけ翡翠は五つの徳、つまり仁義礼智信《じんぎれいちしん》を象徴しているとも言われていて、その美しさや硬さだけでなく、精神の崇高さにも通じるイメージがあるようだ。

さて、詩人であり大学で文学を教えていた井上静雄《いのうえしずお》とその妻瑠璃子《るりこ》も、緑豊かな自然だけでなく、緑色の宝石とも深い縁があった。

二人は山あいのささやかな盆地に山荘を持っていた。それは別荘と言うほど贅沢なものではなく、かといってロッジと呼ぶほど洒落《しゃれ》た建物でもなかった。静雄は、都会の大学での学究生活を定年で終えて、退職金で購入した、広さの割には安いこの家で、妻とともに余生を過ごしていた。

彼は細身の色白な男で、人と群れることを好まず、妻の瑠璃子も孤独を好む思索型の、やはり口数の少ない女だった。

私鉄の終着駅で降りて、品数の少ないスーパーマーケットで食料品を買い、さらにバスに揺られて里山に入る。冬は隙間《すきま》風が入り込む台所で、湯気が天井を這《は》うのを見上げながら来し方を思う、そのような、詩人らしい余生を二人は選んだのである。

子供の居ない夫婦にとって、贅沢さえしなければ充分に生きていける老後だが、この夫婦には別の問題があった。妻の瑠璃子が四十代後半に精神の病を発症した。田舎暮らしを選んだのは、都会の喧噪《けんそう》に耐えられなくなったからでもある。

妻が発症するきっかけとなったのは、四十代前半に静雄が起こした女子学生との恋愛事件だった。四十代とは魔物に魅入られる年代なのかも知れない。

とはいえ、女子学生との恋愛事件は二年程度で終焉《しゅうえん》したし、世間的には問題にならなかった。静雄はもともと妻を深く愛していたので、時間をかければ上手く修復できるはずだった。しかし一度傷を負った妻の精神はあまりに脆《もろ》く、それほどまでに夫を信用し、愛し、依存していたとも言える。

夫もまた純粋なところがあり、長い人生にはありがちなこの手の不祥事を、妻を愛しているがゆえに隠し通すことが出来なかった。相手を思いやる気持ちがあれば、決して語ってはならないこともあるのだ。

そのころの瑠璃子は、夢遊病者のように夜中に家を出て彷徨《さまよ》った。途中で胸や腹部の痛みを訴えて救急車の世話になったことも二度や三度ではなかった。

医者がつけたありきたりの病名は、二人にとっては実感がなく、静雄の感触では、いつも何かを追いかけ手を伸ばしている妻を、あえて夢想病者と呼ぶしか無かった。いかにも詩人らしく、どこか責任逃れの感じもするけれど、夫を必死で追いかけ、願い、縋《すが》り付き、自虐の果てに自らをすり減らしてしまう妻の姿は、まさに夢想病者と呼ぶべき症状だった。

山の家での生活が、妻の精神を蘇《よみがえ》らせてくれるかも知れない、という夫の願いは叶《かな》わなかった。妻の憂鬱は都会暮らしの時よりさらに濃く深くなり、山の中を放浪する危険は、都会よりさらに深刻になった。二人だけの生活が絆を強くしてくれるのではないかという期待も裏切られた。妻の行動や頭の中で起きていることが、夫にはいよいよ理解出来なくなったのだ。

病が進行していくにつれ、瑠璃子の言動は時に荒々しく変容したり、異世界に取り残された無垢《むく》な少女のように、不安な目で空を凝視したりする時間が増えていった。

山の樹木が芽吹き、緑色が冴え冴えと光りを帯びて匂う季節、瑠璃子が好きな近くの緑の池も、透明な輝きで雲を映した。この山あいの家に来て何度目かの五月だ。静雄は瑠璃子を連れて、緑池と勝手に名前をつけた池にたびたび散歩に来た。ぐるりと周囲を歩いても三十分とかからない大きさの、ほぼ楕円形の池には、名前を知らない青い鳥が杭《くい》に止まっていたり、朱色の羽根を持つ鳥が、水面ぎりぎりに飛び去って池の表面にかすかな弧を描いたりするので飽きなかった。

そうした生きものに対しては瑠璃子も幼く透き通った目を向けて、カワイイ、と呟《つぶや》く。静雄はその目を見ていると、ほっと安堵し、妻を愛《いと》おしく感じた。肩を抱き寄せて、ときに口づけをした。瑠璃子の心は池の水面や小鳥、時折小さな音を立てて跳ねる魚に向けられていたけれど、夫の口づけを拒まなかった。それだけでも、幸福な一時である。

瑠璃子が緑色をこよなく愛していることに気付いたのも、この季節だった。妻がいつも身につけているのは、実家の祖母から譲り受けたという翡翠の指輪だった。

静雄は妻にほとんどプレゼントなるものをして来なかった。それは物に執着がなく、物で愛情を表す習慣が二人になかったからだ。だからこそ、妻がこの翡翠の指輪を大事にしているのが、夫には少々不思議でもあった。

それは単純なデザインで、金色の輪の上にただ緑色の石を乗せただけの指輪で、果たして本物の翡翠かどうかなど宝石の知識が無い静雄には解らない。妻の実家の経済状態からして、それほど高価なものでは無いだろうと思えたけれど、自分の指の翡翠をじっと見詰めて居る妻も、その視線の先にある緑色の石も両方美しかったし、妻がその石によって安らいでいるのは有り難かった。

けれどある日、遅い午後のこと、家の前の芝草に寝転がった瑠璃子が、久しぶりに聞く高い声で何かを言った、というより叫んだのだ。その声を聞いて、窓から妻を見下ろしていた静雄は全身が凍り付くほどの衝撃を受けた。妻の高い声は、錯乱《さくらん》したときの金切り声に近く、風の中に不安定な余韻を残しながら、空へと吸い込まれて行ったのだった。

「ほら、ここに鳥がいる……私の赤ちゃんを銜《くわ》えて飛び立とうとしている。ああ、だめだめ、それは私の赤ちゃんです……」

仰向《あおむ》いた瑠璃子は、翡翠の指輪を空高くかざし、ひたと見詰めて叫んでいるのだ。

静雄はサンダルをひっかけて外に出た。瑠璃子はこのところ話しかけても返事をせず、自ら声を発するのも久しぶりだったから、それは喜びでもあり、恐怖でもあった。

「……瑠璃子、どうしたの？　鳥がいるって？」

息を押さえながら冷静に声をかける。

「この中」

とあきらかに指の上にふっくらと乗った翡翠の指輪を示した。

「その中に鳥がいるの？」

「そうです、小さな鳥。私の赤ちゃんもいる」

赤ちゃん、のひと言は静雄を驚かせた。夫婦の間で、その言葉は禁忌だったからだ。結婚してすぐのころ、瑠璃子が子供のできない身体だとわかったとき、夫婦だけの人生を送ることに二人とも納得したつもりだった。その後は子供とか赤ん坊、赤ちゃんなどの言葉は、あえて避けて生きていたのだ。

私の赤ちゃん。

静雄はこわごわ妻の横に腰をおろし、瑠璃子が見詰めている翡翠を覗き込んだ。それはいつもと変わらぬ、若竹色の少し濁った色石だ。

「鳥がいるの？　その中に」

「ほら、よく見て、緑色の鳥が……その鳥がほら、赤ちゃんを銜えている……ああ……どこかに連れて行くのよ」

静雄は戸惑い、けれど落ち着いた声で言う。

「あ、そうだね、確かに小さな鳥がいるね……でも、銜えているのは赤ちゃんなんかじゃ無いよ……それは小さな昆虫だ……赤ちゃんを銜えてどこかに連れて行けるほど大きな鳥ではないよ」

「……赤ちゃんはお腹にいるときの大きさです。二ミリぐらい。ほら目も手も足もあります。ちゃんと見えるわ」

夫は話の方向を変えざるを得なかった。

「……そうだな、確かに赤ちゃんかもしれない……でもその鳥も赤ちゃんも、翡翠の中に閉じ込められている。だから大丈夫だよ。瑠璃子がその指輪を身につけている限り、鳥も赤ちゃんもどこにも行けない。ずっと瑠璃子と一緒だ」

だから安心していいんだよ。

最後のひと言は呑み込み、妻が落ち着くのを待った。持ち上げた手が草の上に投げ出される。静雄はその手をそっと持ち上げた。

「大事なものを、乱暴に扱ってはだめじゃないか。鳥はきっとカケスだね」

安堵の声をかけた。すると瑠璃子の声が裏返った。

「……貴方《あなた》はそんなふうに、言葉巧みに私を操ってきたのね。貴方は詩人だから、詩人らしい言葉で女を騙《だま》せると思っている。真心とは遠い言葉に、私が気付かないとでも思っていたの？」

静雄は息を呑んで身体を離す。妻の言ったことに、いささかの真実が含まれていると感じたからだ。これは瑠璃子ではない。病が妻に毒づかせている。瑠璃子の顔付き、そして目の色も深い緑色に沈み込み、底の方で黒い藻のようなものが蠢《うごめ》いていた。

静雄は恐怖とともに、ある種の謙虚さを覚えて呟いた。

「……確かに私の言葉は、私の真実とは違っていたかも知れないね。いつもどこかで、そう感じていた。私は自分の真実を見るのが怖かった……瑠璃子が気付いているとおりだ……一流の詩人になりたくて、一流から遠ざかってしまっていたのかも知れない。けれど瑠璃子、これだけは真実だ。瑠璃子を愛している。愛している、というのが正確でないなら、瑠璃子が何より大事だ。けれど私の中にも、その翡翠のように濁りがある。光が当たる部分だけは透明だが黄緑色の雲はいつもゆらゆら動いている。瑠璃子という光が消えれば、暗い雲に覆われてしまうんだ。

私は結局、大学で文学を教えることは出来たが、本物の詩人にはなれなかった。瑠璃子はすべてを知っていたんだね。瑠璃子を愛している私だけが本物で、詩人の私は、きっと偽物なんだ」

静雄は言葉を繰り出しながら、自分の心が洗われて透明になっていくのを感じた。

良い作品を作るためでも、目的を叶えるためでもない言葉が、自分の中から流れ出してくるのが不思議なくらいだった。

ふと気がつくと、瑠璃子の表情が緩み、目の中の鋭い棘《とげ》が溶けて、少女のような無垢なピンク色の肌に包まれていた。

それから数ヶ月して、静雄の願いもむなしく、瑠璃子は死んだ。季節は夏に向かおうとしているのに、山肌を冷気が下りてきた夜だった。

「……お湯につかりたい……お母さんのお腹に居たときみたいに、きっと気持ちいいわ」

楽しげな無邪気な言葉を静雄は喜び、ゆっくり温まっておいで、と言った。

静雄はそのまま寝込んでしまい、あたりが明るんでいるのに気付いて飛び起きたとき、隣のベッドに瑠璃子の姿は無かった。

湯殿に駆け込んでみると、窓から朝の光が差し込む湯船に、瑠璃子の髪の毛が水藻《みずも》のように浮いていた。

心臓はすでに動いていなかった。お湯の温かみが残る瑠璃子の身体を引き上げ、静雄は狂ったように名前を呼び、救急車を呼んだ。山路の順路を伝えたが、相手は何度も聞き返すばかり。静雄は電話を切った。そんなことよりこの一瞬が大事だった。

ブランケットで瑠璃子の身体を巻き、その上から呼吸を忘れてしまった妻の唇にむさぼり付いて息を吹き込んだ。上体を全力で抱きしめ、揺さぶり、名前を呼び続けるうち、あらゆる感覚が溶けていった。瑠璃子の身体と一緒に、青い水となって家の隅々までを浸して行く。

瑠璃子の身体は次第に冷えていった。体温で温める。揉《も》みしだく。けれど心臓はとりとも動かない。それでも一揉みごとに、自分の体温が瑠璃子に移っていくのがわかった。

胸のあたりに硬いものを感じた。瑠璃子の手指の翡翠の指輪だった。朝陽《あさひ》が当たり、半透明の緑の風が、石の中でゆるゆると舞っていた。

その手を摑《つか》み目の前にかざした静雄は、確かに見たのだ。石の中で窮屈そうに小さな鳥が羽を動かしているのを。

「いるいる、小さな鳥がいるよ」

その声が鳥に届いたのか、緑の宇宙から小さな光りが飛び出したと思うと、静雄の目の前でホバリングしながら少しずつ大きくなっていく。その勢いでガラス窓から差し込む光線に飛びかかり、透明な所をすり抜けて空へと舞い上がった。

背後に気配を感じて振り向くと、瑠璃子が立ち上がっている。静雄が声をかけるまもなく、何も身につけていない真っ白な身体が、鳥を追いかけてフワリと窓をすり抜けた。

　静雄は追いかける。夢中になって、朝陽が差し出したベルトコンベアーのような帯の上を滑った。

　この帯は山へと流れて行った。帯の先を飛ぶのは青い鳥、それを追いかける瑠璃子、そして無様な恰好《かっこう》で瑠璃子を追う静雄。

　行き先はあの緑池だった。やはり、と静雄は微笑みながら呟いた。

「瑠璃子、君が行く先は判っていたよ」

　鳥は池の表を数回飛び回り、ほぼ真ん中の一番の深みに向かって頭から飛び込んだ。その後を追い、瑠璃子が身体を沈めていく。

「瑠璃子」

　声をかけると瑠璃子は、水面に浮いたままゆっくりと振り返った。片手を上げて、女神のような微笑みを返した。ここでお別れなんだね、と静雄が言うとこくりと頷《うなず》き、片手を振って別れを告げた。その手指から静雄に向かって緑の石が真っ直ぐ飛んできて、静雄の手の平に落ちた。静雄はそれを握りしめる。すると安心した風に瑠璃子は水に入っていき、鳥も瑠璃子も二度と浮上しなかった。

彼には翡翠の指輪が一個残されたのだ。

その後井上静雄は、初めて自分の真実を見つけた気がして詩を書いた。それはこれまで彼が書いてきた観念的で硬質な詩とはひと味違っていた。

（緑の石の中に生きる、私の妻と子供たちへ）という題の、優しい詩だった。

……私の愛する妻は、薄もやが立ちこめる青い池の底に沈んでいった……手を振り至福の笑顔で……明るい五月の朝の奇蹟《きせき》を誰も信じないだろう……そこには僕たちの、未《ま》だ見ぬ子供たちが小魚となって群れ遊んでいるのだ……ああ、君たちは、何て美しいのだろう……

鳴神月《なるかみづき》

歌舞伎十八番に「鳴神」という、なかなか艶めいたお芝居がある。今の言葉で言うハニートラップ、甘い罠《わな》で信仰心厚い男を籠絡《ろうらく》させ、神通力を失わせる、というお話。お世継ぎができない天皇が、鳴神上人《しょうにん》に祈願したおかげで、見事お世継ぎが生まれたのに、天皇は神社建立の約束を反故《ほご》にしてしまう。上人は腹を立てる。そして神通力で龍神を滝壺に閉じ込めて、雨を降らせないようにしたのである。

これに困ったのは民百姓《たみひやくしょう》で、どうにかして上人の呪術をほどいて龍神を解き放ち、田畑に雨を降らせなくてはならない。

その使命を負って、山奥で修行中の上人に送り込まれてきたのが絶世の美女、雲の絶え間姫である。

その色香と手練手管はなかなかのもので、最初は全く動じない鳴神上人だったが、ついに雲の絶え間姫のセクシーな魅力に屈服させられ、鳴神上人は神通力を失う。結界を解かれた龍神は空に放たれる。

雷雨が空を満たし、田畑には恵みの雨が降り注ぐ。干魃《かんばつ》は避けられて百姓たちは大喜び。めでたしめでたしの結末だが、女の手練手管に騙《だま》され、神通力を失ったと気がついた鳴神上人の怒りはまさに怒髪天を衝《つ》き、その逆上ぶりがまた、この芝居の見せ場となる。

修行を積んだ上人といえども、女の色香には抗《あらが》えない、という皮肉な可笑《おか》しさと、その怒りの凄まじさは、逆にこの上人がいかにこれまで純粋培養されてきて、女に免疫が無かったかの証しでもある。険しい修行は、上人に龍神を滝壺に閉じ込めるだけの力を与えたけれど、女の身体の柔らかい肌にはまるきり弱かった。滑稽でちょっと哀れ、可愛らしくさえある。

けれど現代においても、この上人のように、純粋ゆえに世間と妥協が出来ず、女性とうまく付き合って行けない男は居る。女性を近づけないのは、他人とうまく付き合っていく自信がないのだろう。傷つくのが怖いのかもしれない。

大学で古代史を研究している道田章《みちだあきら》は、同僚からも学生からも偏屈な変わり者だと思われている。今年四十六歳になるのに結婚はおろか、社会人になっても女性と付き合ったことがない。学生時代に友達に連れて行かれた飲み屋で、初めて心を奪われ告白した美人ママが、すでに友達の恋人だったと判って以来、女に心を傾けることすら自分に許さず、古代の歴史の中に全身を突っ込んで生きてきた。とりわけ聖徳太子以後で平安以前の、仏教が日本の精神的柱になっていく時代の研究では、一目置かれる存在だった。平安時代の雅《みやび》な恋愛駆け引きは、はなから興味が持てなかったのだ。

　古代とひとくくりにされるこの時代は、学生には不人気だし、単位を取るためだけに仕方なく授業を受ける学生も多い。黒板に書いた説明をノートには取らず、こっそり写メのシャッターを押すだけで済まそうとする女子学生には、正直、怒りしか感じない。その女子学生が、バッグからこっそり取り出したスマホで、怠惰にもカシャと音を鳴らすとき、黒板に載せた手を止めて思わず怒鳴りそうになる。そんなとき、自分の左目がどうなっているのか判っていた。

　彼が本心から怒ると、なぜか左目の上瞼《まぶた》が痙攣《けいれん》する。左の眼球も謀反《むほん》を起こしたようにあらぬ方向を向くらしい。神経性のものだと言われた。すると教室のあちこちで、下を向いたまま学生たちが含み笑いを流し合った。道田にはその笑いの中に、からかいや哀れみが含まれているのを知っていた。

　何を嗤《わら》っているのだ、と一喝すれば、左目はさらに笑いの種を作るに決まっていたので、知らぬ顔でやり過ごすしかない。

このように、劣等感と偏狭さにがんじがらめになっている道田だが、他の人間が真似できない特技を持っていた。ピアノが弾けるのだ。

もちろん音楽大学を目指すほどのレベルではなかった。母親の妹から譲り受けた小型のグランドピアノが家の納戸にあり、ホコリにまみれた楽譜もあったので、彼は子供のころから独学で楽譜のオタマジャクシを鍵盤の上で泳がす楽しみを覚えたにすぎない。

小学校三年のとき、納戸にこもってピアノを弾いている道田少年に、音大の学生を雇って指導させたのは母親だったが、それも半年と続かず、彼にとってピアノは、遊びの道具でしかなくなった。

母親が亡くなり、一人マンションに引っ越したときも、大半の家具は処分したけれどピアノだけは運び込み、調律にお金をかけて、彼の唯一の楽しみとなった。

易しくアレンジされたピアノ曲が入ったCDを聴きながら、それを真似て鍵盤を叩く。途中でCDを止めて、何度も繰り返し練習した。

今道田が取り組んでいるのは、チャイコフスキーのくるみ割り人形の中にある「花のワルツ」だ。もし聴く耳を持っている人が彼の「花のワルツ」を聴いたなら、かなり重たくて不安定な、どちらかと言えば花というよりテーブルの上の湯呑《ゆの》みがガタガタと鳴っている「湯呑みのワルツ」かも知れない。というのも道田は拍子をとるために、ワルツの第一音を強く叩いてしまうので、どうしても軽やかには流れて行かないのである。

休日の昼間、道田はコンビニで夕食の分も含めた弁当とパンとポテトサラダのパックを買い、支払いを済ませて振り向くと、二人後ろで支払いの順番を待っている女性と目が合った。

「先生」

と彼女は驚いた様子で目を輝かせた。すぐに写メの女子学生だと判った。生意気そうに額を剝《む》き出しにして髪を後ろ頭で留めているのだが、その額が目鼻立ちの柔らかさに較べて攻撃的な魅力を放ってもいる。

「ああ、君か」

「先生、この近くですか？」

「うん」

道田がコンビニを出ると、彼女も追いかけて来た。

「先生、お休みの日なのに、一人でコンビニ弁当ですか？」

元々ひねくれ者の道田だから、質問には答えず、すぐに切り返した。

「君も休みの日に、デートもしないのか」

「……先生は日曜も研究ですか？　私はこの近くの施設に入っている祖母を見舞ってきたところです」

生意気な様子ながら率直な眼差《まなざ》しに道田は、自分の偏狭さが意識されて、

「私はピアノの練習中でね」

とわずかに見得を切った。

「え、先生、ピアノ弾かれるの？」

「まあね、上手くはないが」

「聴きたい！」

彼女は全身で跳ねた。ウサギのようだと思った。

「先生、一緒にランチしませんか」

歩いているうち、マンションの前まで来ていた。動揺がなかったわけではない。かなり動揺していた。けれどそれを見せないように背筋を伸ばし、

「では、そうしますか。篠田《しのだ》君だったよね」

と言った。このところ大気が不安定で、空には黒雲が湧き、雨が来そうな気配だ。

彼女の名前は篠田ユキという。写メでシャッターの音を聞くたび、その名前は頭に

浮かんでいた。けしからん、というだけでなく、何か自分でも判らない、強いて言えば目障《ざわ》りというか、ともかく気に障る存在で、授業を終えて教室を出たあとまで、生意気そうな剝き出しの額が目の裏にちらついた。

　道田のマンションは、古い本や、資料の類いで埋まっている。その中にぽつんと飴《あめ》色のピアノが置かれていた。ソファの半分を本が占領していたので、それをどけて篠田を座らせ、小さなテーブルにコンビニで買ったものを拡《ひろ》げた。篠田はホットドッグとコーヒーだったので、道田は自分だけのためにお茶を淹《い》れた。

　道田は篠田の顔をまともに見ようとしなかったが、篠田は道田の顔を覗き込み、ときどき意味不明な笑いをこぼした。それがイヤな印象でなく、むしろ愛らしく見えたあたりから、道田は困惑して無口になった。

　それで自分への戒《いまし》めもこめて、ちょっときつい口調で言った。

「篠田君、あれ止《や》めてくれないかな。授業中にスマホで写真を撮るのは」

「ダメですか」

「ノートをとるのが、面倒なのは判るが……」

　篠田は俯《うつむ》いたまま黙り込む。

「いや、怒っているわけではない。ちょっと気になるので」

「ノートはちゃんと取ってます。ノートの代わりに写真をとっているのではありませ
ん」

ふと目をやると、篠田は涙を流していた。それまでの活発な様子が一転している。
道田は絶句し、天井を見上げ、心臓の鼓動を押さえるように呟《つぶや》いた。

「……ノートの代わりで無ければ……なぜだ」

「先生は残酷です」

「残酷……どうして……」

「先生の写真を撮っていたんです……家に帰って、毎日先生の写真を見ています
……」

道田は言葉が出ず、呼吸も止めてしまったので、ピアノの色が充血して真っ赤に染まっていく。全身に汗が吹き出していることも忘れ、一体何が起きているのかを考える。からかわれているのか。けれど目の前の篠田は打ちひしがれている。

「……ともかく、泣くな」

とだけ言う。女性の涙をみたのは何十年ぶりだろう。自分の前で、それも二人きりのところで、若い女性が泣いているのだ。

「悪かった」

わけもなく、謝った。何に謝っているのか判らないが、謝った。泣いているのだから、悪いのはきっと自分だろう。少し落ち着いてきたので問い直した。

「篠田君、私は皆も知って居るとおりの朴念仁《ぼくねんじん》で、君が怒っている理由が判らないのだが」

「先生、怒っていません。先生の部屋に来ることが出来て、嬉しいだけです」

これもまた、道田は理解できない。このむさ苦しい、古びた本や紙が溢《あふ》れる部屋に来て嬉しいというのは、どうしてなのか。

導き出される答えは、理論上は一つか二つか三つしかない。単位不足が不安で自分に取り入っているのか、四十六歳の偏狭な学者をからかっているのか……さもなくば、自分に好意を持ってくれているということか。

どう考えても前の二つではない気がした。ということは、篠田の涙は自分への好意。

道田の顔は破裂寸前まで膨張し、全身は硬直して立ち上がる力もない。しかも今、目の前の篠田の全身はいかにも柔らかそうで、泣いて居る顔も抱き寄せたくなるほど可愛く見えているのだ。これまで写メの音が気に障っていたのに、自分を撮っていたのだと思えば、切ない狂おしい心地さえしてくる。

「篠田君」

「はい」

そのあと道田の口を衝いて出てきた言葉はほとんど反射的なもので、それも自分のどこから出てきたのかさえ判らなかった。

「君とは結婚できない」

道田は確かにそう言った。自分で言った言葉に驚いて、ただ呆然となった。

篠田ユキも丸い目を瞬きもせず見開いて、はあ、という意味不明な声を出した。

それでも道田は、自分の言葉を取り繕う知恵を、全身から絞り出した。

「結婚なんて、もちろん冗談だよ。そういう言葉を、一度ぐらい口にして見たかっただけで。君とは三十歳も歳が離れていて、おまけに私は左目が神経症で……」

篠田ユキの無表情に、かすかな気配が戻った。泣いたあとの目に、涼やかな明るさが戻ってきたのだ。

「先生も私に関心を持って下さっている……」

「いや違う、それは違うのです。写メが気になっただけで」

「嘘です、先生は残酷で意地悪で……でも一番ダメなのは、自分を裏切っていること。本当は私の事を好きなんです。私の気持ちが通じていたんです」

道田の左瞼が痙攣している。左目の異変は怒りのときばかりではないらしい。怒りではないが、喜びとも違う。人生で予想もしなかった事態に直面して、自分が自分で無くなったとき、この異変が起きるらしい。

「先生、ピアノ弾いてください。私のために」

このひと言は救いだった。ともかくこの息苦しさから逃れることが先決なのだ。

道田はピアノの前に座り、震えが止まらない指を一度強く握りしめて、ゆっくり「花のワルツ」を弾き始めた。心臓の音が乗り移ったように激しくぎこちないワルツを、篠田はソファに座ったまま聴いていた。

そのとき、窓の外を稲光が走り、一瞬置いて雨が落ちてきた。

「……いやだあ……雷……どうしよう……コワい」

怯《おび》えたように立ち上がった篠田ユキを、ピアノから離れた道田が抱きしめた。雨が滝の音のように連打してくる。

「どうしよう先生、どうすればいい？」

篠田は呟き続け、道田はかける言葉を失ったままだ。

雷鳴が去って、二人は身体を離した。

「……先生、ときどき来てもいいですか」

篠田は道田の身体から余裕を手に入れたのか、自信に満ちた声で言う。正気に戻った道田は、咳払いと深呼吸をして強い声で言った。

「それはダメだ。ダメなものはダメだ。君は僕の好みではない。だから二度と来てはいけない。教室で会おう。写メは許す。ただし出来るだけ音がしないようにしてくれ」

一息に言い切った。雷雨も雷鳴も空を掻《か》き混ぜて去っていく。不安定な大気も、やがて若者たちの夏空へと落ち着くのだ。

道田は走って出ていく女子学生を見送った。人生で再び訪れることのない花が、雨の残る窓の外で花弁を散らしながら遠ざかって行く。

その姿が視界から消えたとき、彼は窓辺に座り込んだ。

目を上げるとテーブルに、篠田のコーヒーが残されていた。紙コップを持ち上げると、薄く口紅が付いている。こわごわと口をつけ、冷めたコーヒーをすすった。

自分は正しいことをしたのだ。いや、死ぬ前にはきっと今日のことを後悔する。世界は自分が考えているよりあやふやで、突発的な暴力を秘めた、甘やかな雲のようなものかも知れない。

様々な感慨が、ゆっくりと胃袋へと落ちていった。

出目金

空が裂けるような暑さの中、野球の試合に負けて戻ってきた翔太《しょうた》は、靴を脱ぎ捨てててダイニングルームに走り込んだ。

「負けたん？」

腰が痛くて、テーブルの傍《そば》のソファで横になっている母親は、片目を上げて翔太を見ると、いつものように笑いかける。

負けるのは毎度のことで、たまに勝ったときは起き上がり、すごいね、などと言うけれど、そんなことは滅多にない。

「冷蔵庫に麦茶が入っているよ。アイスは一本だけだからね。昨日あんた、三本も食べたでしょう。母さん、ちゃんと数えているんだからね」

ふて腐れた翔太は返事もせずに冷蔵庫に走り、麦茶のボトルとアイスを二本もって、二階の自分の部屋に駆け上がった。

「こらあ！　二本はダメだって！　それ以上太ったらレギュラー外されるよ！」

　母親は横になったまま叫ぶが、翔太は聞こえないフリ。

　彼は小学二年から野球を始め、今二年目の夏。夏休みも練習に出掛けている。ときどき他のチームと試合があった。試合といっても大人の試合と違って五イニングだけ。高学年になると七イニングになる。このところ翔太のチームは負けてばかりなのだ。

　翔太の悩みは足が遅いことだ。他の子ならセーフになる打球なのに、必死で一塁に走ってもアウトになる。アイスを止《や》めれば、身体が細くなって足が速くなるのかも知れない。でも母親がアイスを買って来なくなると、コンビニで甘いものを買ってしまうので、一日に一本だけ、という約束でアイスになった。

　けれどその約束も守れない。特に試合に負けたときはアイスを食べて鬱憤《うっぷん》を晴らしてしまうのだ。

　翔太の机の横の棚には、黒い出目金が泳ぐ金魚鉢がある。ガラス鉢はお祖父《じい》ちゃんの家から持ってきた。お祖父ちゃんが子供のころから在《あ》るという、丸くて口のところが襞《ひだ》になっている旧《ふる》いカタチだ。翔太が幼稚園のころ、この金魚鉢に頭を突っ込んで遊んでいて、取れなくなった。金槌《かなづち》で壊す段になって、するりと抜けた。

　最近の金魚鉢と違ってガラスがかなり厚いので、横からは金魚が左右に引き伸ばされて、巨大な化け物に見える。上から覗き込めば、せいぜい尻尾まで入れても七、八センチぐらい。出目金としては立派な大きさだという。

化け物に見える理由は、左右に飛び出した目が、ほとんど金魚鉢の両端まで広がって、歪《ゆが》んだ黒い板に見えたりするからだ。かと思えばそれがたちまち縮んで、黒いかりんとうの棒になったりする。

玄関の靴箱の上に置いていたら、猫がちょっかいを出すので、二階の翔太の部屋へ持って来られた金魚鉢。翔太はどちらかというと金魚なら赤いのがキレイだと思うが、翔太の部屋に来てからというもの、どんどん育っているので、次第に身近に感じてきた。

エサをやるのも、いつの間にか翔太の役目になっていた。ついでに最近、名前もつけた。家族には言っていないけれど、出目金の名前はケンイチという。

なぜケンイチなのか。理由がある。

夏休みに入ってすぐ、野球のチーム全員で広島の原爆資料館に行った。別に行きたいわけではなかったが、連れて行かれた。その時見た写真の、翔太と同じ小学四年の男の子の名前がケンイチだったのだ。

ケンイチはランニングシャツ姿で広島市内の石橋の上でおどけていた。両手を頭の横で丸くして、片足立ちし、もう一方の足を立った足に絡ませて、ヒョットコのように口を歪めて笑っていた。

説明の文章では、この写真を撮った五日後に、爆心地に近いこの橋の上で死んだと書いてあった。

他にも原爆の犠牲になった子供の写真が展示してあったけれど、自分と同じ年の子だったことで、ケンイチの写真が記憶に焼き付いてしまった。おどけた恰好《かっこう》と表情が、クラスの友達のように感じられたのだ。

原爆記念館に行った夜、家族が寝静まったあと、金魚鉢の中の出目金を見ていると、金魚の顔に写真のケンイチが重なってきた。重なっただけでなく、どんどん同じ顔になってきた。それで出目金を、ケンイチと呼ぶことにしたのだった。

名前をつけたものの、もちろんケンイチと友達ではない。写真のケンイチは七十年以上昔に死んだ少年で、金魚鉢のケンイチは所詮出目金でしかないのだから。

けれど、出目金ケンイチは、猫に摑《つか》まれたら命はない。猫は二階まで上がって来ないし、昼間はドアを閉めているから安全ではあるけれど、猫の手で簡単に死んでしまうだろう。原爆のケンイチも同じだ。ものすごい熱で、あっというまに死んだのだ。

そう考えると、同じような気がした。

翔太はベッドに寝転がって、横目で出目金ケンイチを見ている。ベッドの位置からは金魚鉢を斜め下から見上げる恰好になる。棚の幅が狭いので、金魚鉢がはみ出している。出目金ケンイチも、はみ出したガラスから外を見ていた。きっと高いビルから足元のガラスの床を通して、街を見下ろす感覚になるだろう。

怖いだろうな。

翔太は高いところに登ると足がすくむ。姉が一緒のときは、姉にからかわれるので平気な顔をしているが、本当はシースルーのエレベーターだって、お尻がヒヤヒヤして気持ちが悪いのだ。

「……ケンイチ、そんなに下ばかり覗くな。落ちそうな感じがするだろうけど、大丈夫だからな。この金魚鉢は厚いガラスで出来ているし、金魚鉢ごと棚から落ちることもないよ。君はときどき大きな化け物に見えるけど、本当は手の平に乗るぐらいの大きさだし、どんなに泳ぎ回っても、金魚鉢が傾くことなど無いからね」

声を掛けると、両方の胸びれをひらひらさせながら数センチ後退した。通じたのだ。やはり見下ろした世界の深さが怖いらしい。

言葉が通じると思うと、いろいろ話しかけたくなる。

「……今日も、負けたんだ。五対五だったのに、僕の盗塁が失敗した。いつも同じなんだ。僕はチームの仲間から文句言われる……もっと痩《や》せろ、足を早く動かせって」

「翔太は、そんなに太ってないよ」

突然金魚鉢から声がした。翔太は金魚鉢に近寄り、覗き込む。ケンイチは金魚鉢の一番出っ張っているところに顔をくっつけて口をぱくぱくしていた。左右に飛び出した黒い目も、口の動きに合わせてぐるぐると回転している。

「やっぱりそうか。そうだったんだ。君は僕の言葉がわかるし、僕も君の声を聞くことが出来る。前からそんな気がしていたんだが、何となく照れるし、家族みんなから笑われそうで、君の目を無視してきた」

「まあ、いいよ。どうせ、金魚鉢の内側と外側なんだから、言葉は通じても、どうにもならん。ただ、鬱憤の聞き役にはなれるよ。翔太が太りすぎというのは、試合に負ける理由を翔太に押しつけているだけなんだ。負ける理由は百個もあるのに、翔太の体重のせいにする。卑怯《ひきょう》だな」

翔太は、常々思っていたことをケンイチが言ってくれたのが嬉しい。

「ありがとうケンイチ。君は僕の一番の理解者だ」

「アイス三本食べても、それは試合の勝ち負けとは関係ないんだよ」

「そうなんだ。アイス三本食べると、調子が良くなって背の高さも伸びた気がする」

「おっと、それはどうかな。アイスはエネルギーを補充するけど、背を伸ばす成長ホルモンは無い」

「キビシイ！　君は金魚鉢の中で、どんどん成長しているけど、僕があげるエサに成長ホルモンが入っているせいなのかな」

「これでもコントロールして食べているんだ。だってこのガラスの鉢より大きくなったら、どこかの川に捨てられて仕舞う運命だから、これ以上大きくなるのは危険なんだ」

「君が大きくなったら、もっと大きな金魚鉢を買ってもらうよ。君を川になんか、捨てないよ」

「川はこりごりだからね」

「え、川に棲《す》んでいたことがあるのかい？」

「……棲んでいたわけではなくて……ちょっと複雑なんだ。説明しても理解して貰《もら》えないと思う。もし知りたいなら、こっちに来ればいい。教えてあげるよ。一緒に川まで旅することも出来る」

翔太は息をつめて、あたりを見回した。母親も姉も、寝静まっている。

「……川までか……」

翔太は呟《つぶや》く。

「だったらまず、部屋の灯りを消した方がいい」

言われるまま、翔太はドアの横の電灯のスイッチを切った。部屋は暗くなったが、金魚鉢だけはぼうっと明るく、暗い中に浮いた感じだ。数本立ち上がっている水藻《みずも》も、若草色に発光している。

「翔太、それでいい、こっちにおいでよ」

光り輝く水球に顔をくっつけた。するとケンイチも顔をくっつけてきた。その瞬間、ケンイチの口が大きく開き、その中に吸い込まれたのだ。ああ！ と声を上げたとき、その声は水の中のあぶくのようにくぐもって、おまけにあぶくが弾ける音が立ちこめた。

出目金のケンイチ……と思ったらもう一人のケンイチ、あの原爆資料館の写真のケンイチが、写真とおなじヒョットコのようにヘンな顔をして、目の前に居た。

「あ、君は」

「僕は翔太が見た写真のケンイチなんだ……正体を隠していてごめん」

「やっぱりそうだったんだ。君の顔をじっと見ていると、あの写真の子が重なってきて、ヘンな気分になったもの……この金魚鉢の中だけで生活していると、何かと窮屈じゃないか」

「そう思うのも当然だが、実はこの金魚鉢は、ただの金魚鉢ではないんだ」

「というと」

「翔太の祖父さんの金魚鉢だったよね」

「そうだよ、広島の田舎の方に家があって、その家の納戸に昔からあったらしい」

「実はね、この金魚鉢も被爆したんだよ。言ってみれば被爆金魚鉢なの。だからそのときから魔法がかかっている。ほら、水の中でも翔太は呼吸できるだろ？」

　確かに息が出来る。原爆の魔法か。

　お祖父さんが昔住んでいた家は広島の東の方の村で、山と山の間からキノコ雲が見えたと言っていた。そのお祖父さんは三年前に翔太が住んでいるこの家で亡くなって、金魚鉢が残されたというわけ。

「魔法がかかったこの金魚鉢は、僕が寝ているときに大きくなったりするの？」

「いや、大きさは変わらないけど、宇宙カプセルのように、どこにでも行くことが出来るんだ。折角《せっかく》だから、好きな所へ連れていってあげるよ。どこがいい？」

　と問われても、翔太は思いつかない。以前、大人になって金持ちになったらどこに行きたいか、と聞かれたことがあったけど、学校と家と公園以外に行きたいところは無かった。

「……どうやら思いつかないみたいだね。だったら僕が良く行くところに、一緒に来て見る？」

「うん」

と翔太は頷《うなず》いた。

「でも、楽しいばかりじゃないよ。人生の旅は辛いことも沢山あるんだ。覚悟は良いね」

言い終えるとケンイチは、金魚鉢の内側にうっすら貼り付いて見えるボタンを押して、目をつぶらせた。

もう開けても良いよ、と言われてゆっくり目を開けると、カプセルごと真夏の運動場に来ていた。翔太と同じぐらいの子供たちが縄跳びやドッジボールで遊んでいる。ケンイチは翔太を見ると、昔からの友達みたいに笑顔を見せて手を振り、時間が惜しいようにまた続ける。その向こうでは野球をやっている。走ったりバットを振ったりしているけれど人数は少ない。どれも楽しそうだ。木造の校舎の正面の時計は、八時を少しまわったところ。

「夏休みだけど、天気が良いのでみんなが集まっていた。近所の子供たちだけどね」

「君もここで遊んだの？」

「僕はこの時間、橋を渡って学校に急いでいたんだ。八時半に集合していろんな奉仕活動に行く予定だった」

カプセルは橋の上に来ていた。ケンイチが橋の上でおどけた恰好で写真に撮られていたあの石の橋だ。カプセルは橋の上をゆっくり行ったり来たりした。ケンイチは黙る。

すると突然、空が真っ白になった。光の塊が割れて落ちてきた。

「見なくてもいいけど、でも見ておいて欲しい」

ケンイチが呟く。すると銀色の波が轟音《ごうおん》とともに押し寄せ、川向こうの家並みも並木も人間もすべてを、数秒のうちに薙《な》ぎ倒した。いろんな物が倒れて蒸発するゴオ！　という音と悲鳴が、カプセルの中まで入ってきて、翔太は耳を塞《ふさ》いだ。目を瞑《つむ》る。ケンイチが翔太の肩を抱いてくれている。このカプセルの中は大丈夫だから、と耳元で囁《ささや》いている。

気がつくと、カプセルは川に浮いていた。けれど浮いているのはカプセルだけでなく、何十人もの人間だ。次々に炎の塊になって、橋から跳《と》び込んでくる。先に跳びこんだものにぶつかり、折り重なり、そのまま水に溺れる。水面から顔を出すとそこは火の海だ。

「助けてくれ！」

翔太は叫ぶ。けれど叫んでいるのはカプセルの中で、外はまるで地獄だ。

「……ね、だからこの金魚鉢は、狭くても天国なんだよ。僕は贅沢を言わない。この金魚鉢で満足するしかない。でも翔太はもっと広い世界に生きている。どこへでも行けるんだ。何でも出来るんだ。それを忘れないでね」

気がつくと翔太は水浸しになっていた。川の水ではなく汗だった。いつの間にかカプセルからでてベッドにいた。

慌てて金魚鉢に走ると、ケンイチは黒い出目金に戻って、右の胸びれをヒラヒラ動かしている。バイバイにも見えるし、またおいでと言っているような気もする。

秋

笹まつり

夜空の星々は、地球上の様々な思いを反映し吸い取ってきた。亡くなった人が星になる、という感覚は世界共通なのだろう。本当は地下に埋葬されたり、土に還ったりするので、死者が行く先は天上ではないのだけれど、人々は天国をイメージするとき、やはり空のかなたを見上げるらしい。

いつだったか、あの星々は実はただの穴ではないのかと思ったことがある。漆黒の宇宙は黒い幕でしかなく、そこに無数の穴が空《あ》いていて、その穴から天上世界の光が漏れてくる、と想像したとき、さて、その光溢《あふ》れる世界はどんな風になっているのだろうと、胸をかき立てられた。あの小さな穴まで這《は》い上って、こっそり覗き見てみたいものだと。

常にチカチカと光の粉をこぼし続けている穴もあれば、ぼんやりと白く、紗《しゃ》を掛けたように空いた丸窓もある。月はもう、人類が足を踏み入れてしまったので、天上への入り口ではなくなった。ウサギやかぐや姫も、住みづらくなったに違いない。

夏の夜空を見上げれば、天上世界に近づける気がする。

さてこれは、とある山村の、よく在《あ》る光景。よく在る光景の中に、有り得ない出来事が隠されていることもある。

空気はまだ梅雨の湿っぽさを残していて、空には青鈍色《あおにび》の雲がかかっている深い夕景色である。その雲を押しのけるように西陽《にしび》が勢いを増してきている時刻だ。

この分だと夜になれば星が見えるかもしれない、と公園に集まった大人たちは言い合った。

子供たちはそんなことを心配するより、浴衣の裾《すそ》をはだけて走り回り、老人たち用の椅子を椅子取りゲームにして、歓声を上げている。

公園の端のジャングルジムの横に、毎年のことだが空に届くばかりの孟宗竹《もうそうだけ》を立てて、村の人たちが短冊に書いた願い事を括《くく》り付けていく。

その日、各自が短冊に願い事を書いて持ち寄り、賑やかに笹の先にくくりつけた。サッカー選手の写真や、絵馬や、書道の筆もぶら下がっている。大人も子供も、それぞれに願い事があるのだ。

公園を管理する神社の神主がきて、横たえられた孟宗竹に、神妙にお祓《はら》いのようなことをやってくれた。願い事が叶《かな》うようにとの、神主のボランティアである。そのあと、青年団の若者たちが声を合わせて大竹を立てるのだが、その掛け声はなかなか雄壮である。

東北の竿燈《かんとう》まつりなどと較べればささやかではあるが、地元で何十年も続いてきた唯一の夏迎えの行事なのだ。

これでいよいよ夏到来、となるのだが実際にはまだ梅雨が明けていなかったり、どうかすると梅雨末期の大雨に見舞われたりする。だが、今年はどうやら天候には恵まれたようで、暮れゆく西空ではあるが、雲が切れて、光が零《こぼ》れおちて明るくなってきた。

昨夜までの長雨で、地面が吸い込んだ湿気が、モヤのように立ちのぼって足元に漂っていた。

公園を囲むように立つ雪洞《ぼんぼり》に灯りが入り、満艦飾《まんかんしょく》となった笹竹は、雪洞からの光と紺色を帯びてきた夕景色の中で、村人たちの願い事をぶら下げて、ゆらりと仁王立ちになった。笹の枝が物思わしげに揺れている。

在るか無きかの風が心地良く短冊をふるわせているものの、いまや子供たちは消えて、遠くのベンチで団扇《うちわ》を動かしている老人たちの姿が、黒いシルエットとして残るだけ。

見上げれば空と雲との境目は見えなくなっている。雲の隙間《すきま》から、かすかな星の光が届き始めた。どうやら雲が割れたらしい。

「もしかしたら今夜、あの雲が全部消えて、満天の星になるかもね」

笹竹に向かって立つのは、亮子《りようこ》と聡子《さとこ》の姉妹だ。姉の亮子は傍らの聡子に言う。

聡子は姉よりわずかに背が低く、その分、いつまで経っても子供のような幼い気配が漂っていた。いまは薄闇に包まれているので、お互いに顔立ちまではっきりは見えないが、聡子はもともとおおどかな童女顔なので、姉とは二歳違いなのに十歳も若く見えた。

亮子は昔からそれが気に入らなかった。自宅にお客が来たとき、大抵は聡子の方に声をかける。あら、可愛いわね聡子ちゃん。

人形のように愛される何かを、聡子は持っていた。それに較べて亮子は、気丈さが顔に表れて、あら利発そうなお姉ちゃん、と言われることはあっても、可愛い、と言って貰《もら》えることは無かった。

大人になってからも、その違いは続いていて、妹は姉の気丈な利発さにコンプレックスを抱き、姉は妹の愛されキャラを羨《うらや》んだ。

けれどそれも三十代まで来てみると、お互いに諦めというか、自分自身の良いところや短所も判ってきて、静かに認め合う関係が出来てきている。

けれど不思議なことに、この笹まつりになると抑えていた本性が滲《にじ》み出して、日ごろ言いたかったことなどが口を衝《つ》いて出てくるのだ。

「ああ、今年も笹まつりね。聡子ちゃんはいつも縫い上げがある新しい浴衣を着せてもらってたよね」

姉の目には、胴回りと肩に縫い上げを施された新品の浴衣を着た妹の姿が浮かんでいる。姉は浴衣が嫌いで、辛子色《からしいろ》のワンピースでこの公園を走り回ったものだ。

見た目の可愛さでは、どうやっても妹には敵《かな》わない。そもそも、あてがわれた浴衣を素直に着て、可愛いね、などと言われてさらに可愛い笑顔になる妹がしゃくに障り、妹の身体には、可愛さを演じる悪魔が棲《す》み着いているに違いない、とさえ思った。

ぽっちゃりとした丸顔に、奉公人形のような透明な目、筆で描いたようなおちょぼ口と何より白い頬。無邪気さが必死な表情に表れる額が、ときに憎々しくなった。亮子の顔はどちらかというとキツネのように顎《あご》が尖《とが》り、目も左右に飛んでバランスが悪く、妹と較べてみれば頬骨も出て、子供らしい笑顔にはならない。可愛い表情をつくってみても、そこにはわざとらしさ、あざとさだけが見えてしまう。生まれ持ったものが違うのだ。

その代わり、勉強だけは出来た。亮子はいつもクラスで一番だったし、学級委員長にも立候補して当選した。

「一度聡子ちゃんに訊《き》いてみたかったんだけど、小学四年の夏、私の通知表が無くなったことがあったでしょ？」

「……あった」

「あれ、どこに行ったのかしら」

聡子は黙っている。

「聡子ちゃんが、どこかに捨てたのよね。今だったら白状しても、誰も叱《しか》らないよ」

けれど聡子は白状しない。可愛い顔立ちだが、思いのほか頑固なのだ。

「あの通知表で、私は初めて体育以外がオール5になったの。記念すべき通知表だったのよ」

聡子はうつむき、ごめん、と言った。

ようやく認めたのだ。姉は大昔のことながら、何十年も胸に引っかかっていた暗雲が晴れたような、勝利の気持ちになって頷《うなず》く。

「やっぱりそうだったのね。あのとき、どれだけ皆に叱られたか。確かにランドセルに入れて家まで持って帰ったのに、寄り道して無くしてしまったと疑われた。探しに行きなさいと命令されて、夜道をとぼとぼと学校まで往復させられたときの心細さといったら……オール5の気分が全部吹き飛んで、星空を見上げて大声で泣いたのよ。泣きながら、犯人はきっと聡子だと思った。あんたしかいないと。でも証拠がないし、親も先生も、無邪気な顔の聡子がそんなことするわけ無いと考えるに決まっていた」

「覚えてる。亮子姉さんがランドセルを放り出してトイレに行った隙に、通知表を取り出してみたら、5が並んでいた。私のは4が一番沢山で、3も在ったし、5はちょっとしか無かった」

「通知表、どこに捨てたの？」

「家の前の麦畑」

「あ、麦畑か」

そうだったのか。麦畑に捨てたのなら、探しても見つかるわけがない。学校まで探しに行かされたのは、いつも言われていた注意散漫のペナルティーだったのだ。親だって、道端に通知表が落ちているとは思っていなかったはずなのに。

「私、いまだに不思議なんだけど、どうして親は聡子を疑わなかったんだろう。聡子は信じられて、私だけがいつも疑われた」

あのとき、星空を見上げながら思ったのは、聡子は可愛くて自分は憎たらしい容姿の差のせいだと。

「……もしかして私と聡子とは、親が違うんじゃないかとさえ思ったよ」

「私もよ、私が亮子姉さんみたいに頭が良くないのは、私が拾われてきた子だからだって思ったもの。佐枝川の橋の下に、赤ん坊が捨てられていたのを、警察が見つけた事件があったでしょ？」

「覚えてる。お寺に引き取られた」

「それよ、それと同じだと思った」

「……辛いよね」

「どっちが？　姉さんは辛くなんて無かったはず。だってなにもかも上手く行ったし」

ちょっと考えて、姉は呟《つぶや》いた。

「私……上手く行ったのかなあ」

「行ったわ。だからこうして、ここに立って、空を見上げている。それが出来ているんだもの」

ベンチの老人たちの影も消えて、いつの間にか二人だけになっている。雪洞の灯りは一晩中点《とも》っているのだが、すでに夜空にはか細いながら星の光が揺らめいていた。

「……亮子姉さんの短冊はどれ？」

毎年この夜、妹は姉の願い事が知りたくて、同じ質問をした。

「これが私のよ」

と亮子は自分で結んだあたりに手を伸ばして、ほらね、と見せた。

他の人と違う灰色の幅広紙の短冊だから、すぐに判る。亮子は、他の人と同じことをしたくない性分で、私の願い事は、私にしか判らない、と考えている。しかも亮子は毎年、同じ文言を書いてきた気がする。

「……聡子が帰って来ますように」

マジックではっきりと、空の星にも読めるように書いた。

「ありがとう」

と聡子も呟く。これも毎年のことだ。

「ちゃんと私の願いが叶ったから、聡子ちゃんは戻って来ることが出来た」

「来年も、ちゃんと笹まつりに、願い事を書いてくれる？」

「うん、私が生きているあいだは、毎年短冊に書くわ。だから必ず戻ってきてね」

沢山の短冊の中で、聡子のものも、すぐに目についた。うっすらと天の光を映して、青光りしているのだ。

「……聡子ちゃんが書いた短冊、あれですね？」

薄闇の中で揺れている短冊を指さした。

亮子はその短冊に顔を近づけて読む。妹がどんな願い事を書いたか気になって仕方ないのだが、墨色が薄すぎて、良く読めない。それでもゆっくりりと、一字一字を拾い読みした。

「……あのとき……亮子ねえさんの……声が聞こえた気がする……でも……返事をしなかった……」

ずいぶんびっしりと、隅々まで書いてある。

「……もう一度あのときに戻れないかな……あの川に赤いカニいた……カニを追いかけて行く私を……姉さんは大きな声で呼び止めてくれた……でも川の音が大きくて……良く聞こえなかった……もう一度……あのときに戻りたい……」

亮子はそこまで読んで、妹を振り返った。ありありと川の流れが目に浮かんだ。あ、赤いカニだ、と言いながら流れに入っていった聡子を、確かに亮子は必死で呼び止めた。

「そうね、あのときに戻れるなら、どんなに良いかしら。でもあんたは、子供のくせに、本当に頑固だったよね」

「うん、姉さんに勝てるのは、頑固さだけだったし……姉さんの声を無視してどんどん川に入っていった私が悪い……」

聡子が自嘲気味にひっそりと笑う。

この年齢になると、自分の子供時代の頑固さも、姉への対抗心も、穏やかな心地で振り返ることができるのだ。

姉の亮子もあれから長い年月をやり過ごして、ここまで生きて来たし、同じ年月を、聡子も聡子なりに成長してきたのだと、亮子は思う。そしてようやく、お互いに何でも話せるようになったのだ。

あれから数えて、三十数年。

毎年来る夏、この笹まつりで二人は会いつづけた。最初の五、六年間、つまり亮子が高校に入るまでは、哀しみと後悔と言葉にならない感情が渦巻いて、年に一度戻ってきた聡子と心を打ち割って話すことが出来なかった。母親が亮子に、今夜は聡子が戻って来るのよと言った笹まつりが辛くて辛くてたまらなかった。けれど年月に癒やされ、お互いに成長もしたのだ。

「良くここまで来たわね」

姉は妹に呟く。

「……死にたくなかった」

「そうだね死にたくなかったよね。私はあの日からカニを食べなくなったのよ」

「私が赤いカニを追いかけて水に呑まれて死んだから？」

「他にも理由があるわ。聡子ちゃんの身体が水から引き上げられたとき、真っ白な顔と足の裏に、カニが喰いついていたの。母さんが叫びながらカニを払いのけた」

「そうだったの、私は死んだから何も知らなかった……カニは食べなくなったけど姉さんは、蟹《かに》座の人と結婚したでしょ？」

「そうそう、あの人は蟹座ですね」

「カニは嫌いでも、蟹座の人は好きなんだ」

「ごめんね、そこまでは気がつかなかった。焼きモチ焼いた？」

「ちょっとだけね」

聡子が成人したら、自分より何倍も美人になり、素敵な男と出会っただろうと思う。

「でもね姉さん、私あの空の上でも退屈しないで済むの……蟹座と毎晩、闘っているんだもの」

ふふふ、と含み笑いする聡子に、姉はそっと囁《ささや》く。

「……もう行きなさい。また来年、ここで逢えるんだから」

気がつくと傍らの聡子の姿が消えて、風にのった聡子の短冊が聡子を追いかけるように、夜空に舞い上がった。

秋出水《あきでみず》

川幅はずいぶん狭くなったけれど、水は良く澄んで水音も軽やかに聞こえる。大人しく穏やかな、心を癒やす小川に生まれ変わったのだ。小川というより、せせらぎと呼びたいほどの細い流れに変身した。

かつては雨が数日降ろうものなら、切り立った山合《やまあい》に水が集まり、荒れ狂いながら麓《ふもと》まで流れ落ちてきた。山の斜面の樹木を巻きこみ押し倒し、土砂を巻き上げながら流れ下る様は巨大な龍のようだった。麓の家々は、その恐ろしい地響きに震え上がった。

大きな被害を出したのち、山の上の方にトンネルが掘られた。流れの方向を変え、治水が行き届いた一級河川に合流させるという大工事だった。そしてあの凶暴な川は姿を消した。

それでも山肌から滲《にじ》みだした水は、従来の川の場所に細い流れを作りだし、まるで大暴れした過去を謝るかのように、樹林から漏れてくる光を集めて、岩の間を縫うように流れている。昔の乱暴狼藉《ろうぜき》の爪痕は、押し流してきた巨岩の重なりを見れば一目瞭然《りょうぜん》。そして今、小さな流れはその巨岩を遠慮がちに回り込み、ときにささやかな飛沫《しぶき》を上げながら、茅萱《ちがや》やイヌタデの葉を撫《な》でたり、赤とんぼを遊ばせたりしているのだ。

好子《よしこ》は背丈を越す岩の傍《そば》に立ち、細い流れがやって来る山を見上げ、そしてまた濃い日陰をつくる岩に目をやる。

……この岩が出来るまで何万年の時間が必要だったのだろうか。さざれ石が岩になり、その岩がまたさざれ石になる繰り返し。その年月は私の生命とは無縁の大きさだ。私の身体の魂や精神や、喜怒哀楽の感情なんて、さざれ石の一粒の大きさもない。それでも私の心は、この川だけでなく視界全体に広がる杉や檜《ひのき》の森、その上に覆い被さる空より大きく思える。私の生命が尽きれば、この身体とともに、すべてが消えてしまうだろう。消したくない。いえ、いっそ消えて欲しい。消したい。やはり消えてはならない気がする……。

岩陰のイヌタデがわずかな風で揺らいだ。野草たちが笑っている気がする。

そのイヌタデの横の、流れの中にキラリと光るものがある。好子は水の中を覗き込んだ。幅一メートルにも満たない流れの真ん中あたりに、緑色の点があり、執拗《しつよう》に発光し続けている。

首を伸ばして覗いて見るけれど、緑色が強くなるばかりで、それが何なのか判らない。好子は靴を脱ぎ捨てて流れに入った。冷たくて気持ち良い。

足を滑らせないように数歩歩いても、緑の色は変わらないので、怪しい心地になった。手を伸ばせば、奇妙な生きものに飛びかかられるのではないか。あまりの美しさに怯《おび》えが兆す。

足が平らな石を探しあてたので、もう一方の足を踏み出して、緑色に向かって手を伸ばす。摑《つか》んだモノが手の平に乗っていた。

なんだ、ビー玉か。

良く視《み》ると、ガラス玉の中に森の色と同じ炎が躍《おど》っていた。光りの加減でこの色が怪しく鋭く浮上したわけか。

流れの中に放り込むのを止《や》めて、好子はポケットに入れた。このせせらぎで、子供たちが遊んだのかも知れない。そのときビー玉を流れの中に落としてしまった。そんなことがあったかどうかは判らないが、見つけた以上、ビー玉は回収しておこうと思ったのだ。

好子は子供のころの「五個石《ゴキイシ》」という遊びを思い出した。五個のビー玉をお手玉のようにして遊ぶ。一つ放り上げておいて、そのあいだに砂の上の石を摑み、落ちてくる石を受ける。上達すると摑むビー玉は砂に埋め込まれ、その数も増える。

他にもいろんなビー玉の遊びがあった。砂場での女子の遊びだったが、二つ年上の近所に棲《す》む睦夫《むつお》は、女の子の輪に強引に割り込んできて、砂をまき散らしながら不器用な手で搔《か》き回した。あとで思えば、五個石に興味があったというより、好子への関心だった。

腰を伸ばして流れに目を戻す。空も水も白光に包まれている。好子は土石流に呑み込まれず生き残った杉の木々を、生きものがそこに立ち上がっているように感じて、一瞬身震いした。ああ、私も杉も生き残ったのだ。

流れが盛り上がりから斜めに落ちてきているあたりに、今度は黒い塊が見える。流れの底にあるので、カタチは広がったり縮んだりして定まらないけれど、確かに灰色の川底に何かがある。

好子は滑らないように一歩一歩足場を確保しながら黒いモノに近づいた。流れは緩やかだが、それでも脛《すね》に水がぶつかってきて冷たさが這《は》い上ってくる。

十メートル程度の距離だったのに、足を数回動かしても、その距離は縮まらない。

むしろ遠ざかって行く気がする。川上に向かって動いているはずなのに、ちっとも進んでいないようなのだ。けれど黒い色は飴《あめ》色を帯びて、いよいよはっきりとそこに見えた。

見定めようとすれば水の中に散乱し、目を離せばすっと近寄って来る不思議さに、胸が高まり心臓が激しく打ち始める。そしてその黒いモノは、いきなり目の前に現れた。

手を伸ばして摑み取る。枯れ葉が沈んでいるような頼りなさだが、カタチを保って好子の手の平に乗っていた。木切れと間違いそうだが、もっと艶やかでしっかりと密度があった。

あ、と気がついて取り落としそうになり、慌てて摑み直した。まぎれもなく、その黒ずんだかたまりは恐竜の爪だった。睦夫の宝箱の中からそっと取り出された恐竜の爪は、爪というより石ころに近かったが、片側がわずかに尖《とが》って内側に曲がり込んでいた。

あのとき睦夫ははっきりと言ったのだ。かならず考古学者になって、この恐竜の名前を突き止めてやると。

どこで見つけたのかと何度も訊《たず》ねてようやく白状したのが、この川から数メートル離れた水溜まりだった。洪水で死んだ恐竜の死骸が、流されてこの場所に溜まったに違いない。このことは世間に内緒にしておかなくてはならない。大人になって考古学者になったら学会に発表して、自分は恐竜博士と呼ばれるようになる。そうなれば、この川の下流でもっと沢山の恐竜が発掘されるだろうし、恐竜パークか博物館が出来るかも知れないと。

好子が怪訝《けげん》な目で見詰める爪を、睦夫は怒った顔で取り戻して箱に収めた。物理と数学が苦手なのを棚に上げて、恐竜への執着は続いていたのだが、結局目指す大学に入れなくて、あのとき以来好子は、恐竜の爪を見ることはなかった。

手の平に載せた爪が重くなる。この爪は、あのとき睦夫が見せてくれたものだろうか、それとも別の恐竜の爪だろうか。もし他にも恐竜の一部が発見されたとしたら、本当にこの川の上流に恐竜が棲《す》んでいたのかも知れない。睦夫の説明は正しかったことになる。

ビー玉と一緒に黒い爪もポケットに入れた。ポケットで小さな音がして、そのあたりがじんわりと熱くなった。

そうだ、睦夫は正しかった。丸ごと信じて上げれば良かった。額に皺《しわ》を寄せて力説する睦夫に見とれて、彼が言っている中身などどうでも良かった自分が恨めしい。睦夫は好子にだけは信じて欲しかったはずだ。

流れの淵《ふち》のあたりで、飛沫が跳ねている。その飛沫をまたぐようにしてさらに上流へと進む。何かに呼ばれている気がする。ほら、川の底にはまだまだお宝が沈んでいるよ、目を凝らして探すんだ。水音に混じってそんな声が聞こえる。

解りました、もっともっと上に行きます。好子は声に応える。

流れは一段と細く、けれど激しく落ちていた。ほとんど水底が見えないほど飛沫が白い。その白さの中で、さらにひときわ白いものが見えた。そのあたりにいくらでも転がっている石ころの色だ。

手を差し入れて摑んだものは、やはり石ころだった。投げ捨てて足元を透かし見ると、白いものはまだそこにある。腕まくりしてもう一度手を差し込むと、今度はしっかりと摑むことができた。

かすかな予感と冷たい期待が手の平を痺《しび》れさせる。ああ、あれだ。

長いあいだ、流れの底で水を吸い、ずっしりと重くなった野球のボールだった。けれど汚れもなく、水苔もついてはおらず、草原の野風の中に取り出された新品のように、ぬれぬれと輝いていた。

顔に近づけると、水音に混じって男たちの声が聞こえた。野球の練習でノックをしているらしい。ホラホラとか、ハアハアと息遣いも聞こえてきて、その中に確かに睦夫の笑い声も混じっている。この声は日曜の午後、睦夫の勤務先の村役場に近い、小学校のグラウンドでの練習の時だ。睦夫は三番バッターで一塁守備の中心選手。大学受験には失敗したけれど、地元の村役場に就職できて家族も好子も安堵した。恐竜学者への道は閉ざされたけれど、村役場の野球チームの、勝敗を左右する選手になれたのだ。

それまで何かと尖った発言が多かった睦夫だが、その全身から鋭さが消えて、好子の声に耳を傾け、目を覗き込み、柔らかな気配を身に纏《まと》うようになった。

あのとき好子は、これで睦夫の人生は安泰だと信じた。夢はいくらでも拡《ひろ》げることが出来るけれど、日々の歩みは着実に足場を固めなくては進めない。人生とは青春期に綿飴《わたあめ》のように膨らんだ夢や理想を、小さく堅実に固めて口に出来る大きさにして、その甘みを長くゆっくりと味わうことなのだ。綿飴は時間とともに萎《しぼ》んでしまうけれど、人生は続いて行くのだから。

恐竜の爪は奇蹟《きせき》でしかなかったけれど、野球のボールは身の丈に合った努力で手に入れたもの。

農協で事務員として働き始めた好子は、自分の人生のパートナーとして睦夫以外には考えられなくなったし睦夫もそれは同じで、二人が社会人になってからのたった一年間で、急激に近づくことになった。

独身の男女が少ない村なので、二人の関係は皆が知ることとなったが、問題は好子の父親だった。父親との二人暮らしは、好子が出て行けばどうなるのか。父が施設に入れるまで結婚は待ってくれと睦夫に言うと、元々頑固で剣呑《けんのん》、睦夫に良い感情を持っていない父親に睦夫も反感を覚えていたので、怒って好子に辛く当たり喧嘩になった。父親と自分のどちらが大事なのか、などと子供じみた責め言葉さえ口にした。そしてどちらからともなく会わないようになった。

やがては氷解して元どおりになれると好子は楽観していたが、父親が寝たきりになり、その世話に明け暮れているうち、自分の恋愛や結婚が遠のいて行くのが恨めしかった。

野球の白い球は、睦夫が輝いて見えていた頃の、胸がときめく思い出だ。好子が練習風景を見物に行くと、照れて顔を合わさないようにしたが、そんなときの睦夫は赤く焼けた額に汗を浮かべ、少年のように口を尖らせて捕球のために身体を大袈裟に投げ出して見せた。

濡れたボールもポケットに入れる。すでにポケットは一杯だった。

すべてはこの流れが出来る前の、太くて荒れ狂う川が、大雨のたびに杉林を削りながら流れていた頃のことだ。

一歩ずつ、流れに逆らいながら足を進めて行く。ビー玉と恐竜の爪と野球のボールが、好子の身体に絡みついた。それでも足を動かすしかない。

ちょっとした雨でも野獣のように猛《たけ》り狂ったあの川は、本当に姿を消したのだろうか。この穏やかな細い流れは本物だろうか。自分の不安を押さえ込むためにも、流れの源を突き止めなくてはならない。

水は少しずつ幅を狭めていき、やがて岩の間から流れ出しているのを突き止めた。岩の間にはささやかな水溜まりが出来ていて、そこから溢《あふ》れた水が流れを作っていたのだ。

その水溜まりの底では砂が踊っていた。砂だけでなく他にも光りながら踊っているものがある。

好子はそっと掬《すく》い上げた。銀色の輪に小さなダイヤが埋め込まれた指輪だった。

「ようやく好《よ》っちゃんに見つけてもらえた」

屈み込んだ頭の上で声がした。振り仰ぐと白い空を背景にほっそりとした影が立っている。

「もしかしてこの指輪……」

「そうだよ、仲直りしたら渡そうと思って買っていたんだ。左の薬指にはめてみて」

好子はそうした。濡れて膨らんだ薬指に血が通って赤味が蘇《よみがえ》る。この時をどれほど待ち望んでいたか。思いが込み上げて顔を上げることが出来ない。もし顔を上げれば、影は背後の空に溶けて消えてしまうだろう。だから睦夫の表情を見定めることができない。

「……どうして……どうしてあの雨の中、私がいないと判っているのに、我が家に来たのよ……どうしてなの……」

「好っちゃんが農協の用事で出張しているのが判っていた。だからあの大雨で土砂災害の避難勧告が出たとき、僕がお父さんを救い出さなくてはと思った。お父さんを救い出して、好っちゃんとの結婚を認めて欲しかった」

やっぱりそうだったのか。父は頑固者だから、睦夫の助言にすぐには従わなかっただろう。そのやり取りのさなかに、土砂は雪崩となって沢を駆け下り、轟音《ごうおん》とともに男二人を呑み込んだ。発見されたとき、父親と睦夫は一階の居間で折り重なって泥土に埋まっていた。

「……水と泥がすべてを奪った。なのに、今はこんなに清潔に澄んで、優しい水音をたてている……でも、あなたはもう戻って来ない……父があんなに頑固者で無かったなら……私が家から飛び出す勇気があったなら……あなたは生きていた……ごめんね……苦しかったよね……ごめんね……」

「……生きることに辛くなったら、ここまで上っておいで。僕はずっとこのあたりに居て、二度とあんな土砂崩れが起きないように見張っているよ。ああ、言い忘れてたことがある。あの豪雨の中で、お父さんは僕に、好子をよろしく頼むと言った……認めてくれたんだよ最後に」

好子は顔を上げる。涙で歪《ゆが》んだ空には、嵐の気配さえ忘れた秋の雲がかかっている。

月の舟

これはある少女の、不幸に見えて幸福な話しである。少女の名前は里子《さとこ》。

里子は四歳のとき、母を亡くしている。母が死んだ日のことを、うっすらと覚えてはいるけれど、あとで叔母たちに話して聞かされたのを、実際の記憶と思い込んでいるだけかも知れなかった。その日の午後は、朝方降っていた秋の長雨がすっきりと上がり、看病に来ていた叔母が、今夜はきっと久々にお月様が見られそうよ、雨は気が滅入るから嫌だわね、などと言いながら部屋に入って行くと、母は眠るように息絶えていたという。まるで空が明るくなるのを待って、ようやく雨雲が切れた隙間《すきま》を見つけ、天に昇っていったみたい。叔母はそんなふうに言った。

里ちゃんは何かを感じていたのね、そのときおかあさんの枕元にお人形のように佇《たたず》んでいたのよ。

里子にそんな記憶はなく、母のベッドの傍らに立つ日本人形が写真のように目に浮かんでくるだけで、自分がそこに居たとは思えなかった。

母の顔は思い出せない。思い出そうとすると、一枚の写真の顔になってしまう。何枚も写真はあるのに、なぜかいつも寂しげな眼差《まなざ》しで口元だけ無理に笑顔を浮かべた青いブラウス姿だ。頬はほっそりと白く、顎《あご》は尖《とが》り、髪は肩より前に垂れて柔らかくカールしている。病気が見つかる前に、父が撮った一枚だ。

父が再婚することになって、叔母と父は仲が悪くなり、里子は叔母の家で暮らすことになった。

母の三周忌を済ませたあと、列車とバスを乗り継いで叔母の家に来た。森と川が近い旧《ふる》い家だった。

初めて叔母の家に着いたときのことは、とても鮮やかに思い出すことが出来る。どんよりと灰色がかった土塀の上から、黒松と百日紅《さるすべり》の枝が垂れていた。土塀の表面はあちこち壊れて、土が剝《む》き出しになっていた。剝《は》げ落ちていない生牡蠣《なまがき》色の漆喰《しっくい》の部分に、黒い線で変な絵が描かれていたのもはっきりと目に浮かぶ。その絵は両端が跳ね上がった器を横から見た恰好《かっこう》をしていた。細長い木ぎれのようにも見えたし、人が寝そべっているようにも感じられた。その上に、わけの解らない図形か文字のようなものがあった。

いやねえ、昨日まではこんな落書き無かったのにね。夜中にスプレーでこんな悪戯《いたずら》する人間の気が知れないわ。それともこれ、墨汁かしら。

日曜の朝、叔母夫婦の一人息子で里子の二歳年下の道夫《みちお》と一緒に、水を張ったバケツにタワシを浸して土塀を擦《こす》ると、うっすらと跡は残ったもののほぼ綺麗になった。やはり墨汁で書かれたものらしかった。道夫にとっては水遊びでしかなかった。けれど何日かすると、また同じような絵が描かれていた。そっくり同じではなかったけれど、よく似ていた。

許せない、などと呟《つぶや》きながら、皆でまた消した。けれどまた描かれた。そんなことが数回あって、叔父も叔母も、土塀洗いを諦めた。

綺麗にすると何か描きたくなるのね。警察に言ってもどうせ捕まらないわ。大きなキャンバスだと思うのかしら。そのうち道路の拡張工事で歩道を作るそうだから、そのとき塀もやり替えなくてはならないし、今度は落書きできない煉瓦《れんが》塀にするわ。

けれど道路の工事は行われないままあれから六年の年月が経ち、剝がれた土塀は綺麗に塗り直された。それ以来落書きはない。

里子の脳裏には、叔母の家の最初の印象とともに今も塀の落書きが刻まれている。昼間は人通りがあり、墨汁を持って来て塀に何かを描くわけにはいかない。となると犯人は夜来たのだ。そっと家の塀に寄り添い、墨汁を浸した筆を動かし、そしてさっと身を隠す。夜の闇に溶け込む犯人の動きは、きっと素早いに違いない。

　クラスで一番背が高く、勉強も出来て、走るのが速い篠田くんを思い浮かべ、あの子ならきっとそんな芸当が出来るだろうと想像し、顔をほてらせたりしたけれど、六年も前のことだしあり得なかった。彼だったら良いのに、と想像する自分に里子は戸惑った。もし今、彼が夜中にやってきて土塀に何かを描くなら、自分も一緒に絵を描きたい。あの時の絵を忠実に再現出来そうだった。想像するだけで胸がもやもやと苦しくなった。

　毎年行う母の命日の法要を、無事お寺で終えた。そのあと、お寺の近くのビジネスホテルに一泊するのもいつものことだ。里子にとっては小学校最後の秋で、母の死を思い出すというより、遠足の気分だった。

　久々に会った父が痩《や》せていたのはちょっとショックだったが、これまでで一番やさしい笑顔で里子の頭を撫《な》で、困ったことはないか、来年は中学だな、と言ってくれたのが嬉しかった。里子は気恥ずかしくなって俯《うつむ》きながら、首を横に振った。

　そうか、それなら良かった。

　叔母の家に戻り着いたとき、叔父と叔母が立ち止まり、道夫が奇妙な声を上げた。

ウワ、とかアアというような、珍しい昆虫でも発見したような叫び声だった。土塀に絵が描かれていたのだ。叔父と叔母は顔を見合わせて、怒りを爆発させた。

またやられたわ。

その落書きが六年前とよく似ているのに気づいたのは、里子だけだった。きっと暴走族か不良グループのサインだわ。縄張りを主張しているとか、何かの合図かも知れない。

これはやはり警察に通報しなくてはね、と叔母が溜息《ためいき》をついた。そう言われてみると、黒い線が刃物のように凶暴に見えてきた。

夕食の途中で箸《はし》をとめた叔母が、里子をじっと見ている。その視線につられて道夫と叔父も里子を見た。里子は三人の顔を順番に見返して、なに？　と訊《き》いた。

すると叔母は視線を手元に落として、里ちゃんのおかあさんにそっくりだったから、と呟いた。何だそんなことかと、他の二人も箸を動かし始める。

お腹が一杯だからと言って里子は食卓から離れ、玄関横のトイレに入った。目の前の鏡を見詰める。写真の母によく似ていた。

溜息が出たとたん、急に身体が重くなった。腰からお腹にかけて、石のベルトを巻き付けたような苦しさだ。立っていると体内の臓器が下へ下へと落ちていき、お尻の穴から床へ抜け落ちてしまいそうだ。お腹に力を入れて踏ん張っても、落ちていくものを押し留めることが出来ない。胸が苦しく、目眩《めまい》までしてきた。便器の傍《そば》に膝をつき、大きく息を吸い込むと、その一瞬を見逃さず、それまでお臍《へそ》のあたりに潜んでいた魚が逃げ出すように、するりと何かが落ちた。

里子は慌てて落ちた魚を摑《つか》もうとしたが、魚はもう消えている。両足の付け根あたりを指先で探してみたけれどどこにもいない。

何かが落ちたんだけど、とパンツを下ろして身がすくんだ。パンツの真ん中が、笹の葉のカタチに赤く濡れていた。

これは血だ。私の血だろうか。身体のどこから落ちたのだろう。

おかあさん、助けて。

初めて声に出して言ってみた。声にすると、大きな震えがやってきた。

里子は震えを押さえ込むように蹲《うずくま》る。蹲るとパンツの真ん中から不思議な匂いがした。甘いような柿の実がつぶれたときのような匂いだ。

これ、おかあさんの匂い。

なぜかそう感じた。里子は何度も母の写真に鼻をこすりつけたことがあったけれど、こんな生暖かい匂いはしなかった。初めて嗅ぐ母の肌の匂い。

顔を上げると、その匂いがかたまりになって、ふわりと顔の前にもち上がった。

おいで、と鼻先で言っている。

里子はトイレットペーパーを重ねて当てがい、パンツをはき直してトイレを出た。

こっちよ。

母の匂いは里子の身体のすぐ前に漂い、里子が動くと、匂いはさらに先をふわふわと流れていく。

まだ食卓にいる叔母たちに気づかれないように、玄関のドアをそっと押し開けて外に出た。ひんやりとした空気の中で、母の匂いは強く確かになった。見上げると川向こうの山の上に三日月が浮かんでいる。少しずつ動いていた。母の匂いは三日月に吸い寄せられて昇っていく。

すると三日月に変化が起きた。細かく震えているのだ。つい先ほど里子がトイレで震えていたのが、そっくりそのまま三日月に伝わったみたいだ。

最初は静かに呼吸をしていた三日月が、里子の強い視線に応えるように、窪《くぼ》んだ部分がしだいに膨らみ始めた。

ぷくりぷくりと、けれどじんわり確実に、厚みを増してくる。空の水分を吸い込み、溜《た》め込んでいくみたいだった。

やがてこれ以上膨らむことが出来ないほど、くっきりした満月になった。

空も川も里子の足元も象牙色に明るくなる。黒かった川が白い流れになり、里子の前にキラキラと浮き上がったと思うと、天の川のようにたっぷりと拡《ひろ》がった。

里子は自分が、月満ちて生まれてきたのだと聞いていた。月が満ちる、の意味はよく解らないけれど、きっとこの満月のように、母のお腹が少しずつ膨らんできて、もうこれ以上抱えていられない、というところまで大きくなり、ぽとりと里子が生まれたに違いない。自分はあの月の中に、確かに居たのだ。

自分を産んだときの母の感覚を、いまは里子も身体で感じることが出来た。ついさっき、必死で我慢していたけれどついに限界を超えてしまい、里子から零《こぼ》れ落ちたものがあった。あんなふうにして自分も母の身体から出てきたのだ。

里子、あなたに何が起きたのか、知っているわね。

満月から母の声が届いた。声の方向を見上げると、満月の一部が動いている。里子は一歩前へ踏み出して答えた。

保健体育で習ったから知ってる。でも、誰にも言えない。どうすればいい？

叔母さんに言えばいいのよ。きっとお赤飯炊いて喜んでくれるわ。

お赤飯なんて欲しくない。道夫がきっとヘンに思うし、からかうし、だからおかあさんにしか言えない。おかあさん助けて。

満月の母が、かすかに笑っている。いや、はらはらと泣いている気もした。まん丸い月の表面に、さざ波のような皺《しわ》が浮かんだり消えたりしている。

叔母さんにこっそりこう言えばいいのよ。赤ちゃんみたいなものが、身体から出てきたって。そう言えばきっと解ってくれるわ。赤ちゃんも生まれてくるときは赤いから、赤ちゃんと言うの。里子がもっと大きくなったら、本物の赤ちゃんを産むことができるわ。

でもあれは笹の葉みたいに細くて、頼りなかった。小さな笹舟みたいだったの。

そうそう、それは笹舟よ。あの舟に乗って、いつか赤ちゃんがやってきます。あなたもあんな舟に乗って私から出てきたのよ。そしてね、この世界から離れていくときも、お舟が迎えに来るの。

おかあさんも、その舟に乗ったの？

そうよ。

私も乗りたい。おかあさんと一緒に乗りたい。

それを聞くやいなや、満月の顔が壊れはじめた。幾つもの皺が真ん中に寄り集まってくる。これまで空の水分をたっぷりと吸いこんで膨らんでいた満月は、涙のようなものを絞り出しながら萎《しぼ》んでいく。じわじわと片側が落ち窪んでいき、月と夜空のあいだにぼんやりとしたゼリーのような境界線が生まれてきた。

だめ、おかあさん行かないで。

けれどもう、止められなかった。たちまち川は白い輝きを薄め、それまで木々の枝まで線描の絵のように見えていた山の頂上が、次第に灰色にかすんでくる。里子がいくら気持ちを込めて見詰めても、月はどんどん三日月にもどり、やがて夜空の真ん中に静止してしまった。

後ろで声がした。叔母が呼んでいる。追いついてきて肩に手を置いた。

どうしたの、お部屋に居ないから心配したのよ。あら、きれいな三日月ね。

玄関口で心配していたらしい叔父と道夫が、安心したのか何か言いながら家の中に戻っていった。道夫のはしゃぐ声も奥へ消えた。

あれ、三日月なんかじゃない。

里子が呟くと、叔母はただ、里子の横顔を見ている。

三日月ではないって？

あれは舟なの。人を乗せてこの世に送り届けてきたり、あの世に連れていったりするの。

叔母はしばらく黙っていた。溜息が里子の首にかかる。炊きたてのご飯のようないつもの匂いで、里子は涙が出そうになった。けれどぐっとこらえると、パンツの中にまた何かが零れる。

風邪引くといけないからお家に入りましょう、と肩を引き寄せられた。昨日はおかあさんの法事もあったし、久しぶりにお父さんの顔を見たし、里ちゃんも疲れたわね。今度は肩を抱かれて引っ張られた。里子はあらがわず、叔母がするままに動いた。さあ家に入りましょう。

里子は土塀のところまで来て、立ち止まった。里子の背中を押すように叔母が立っているので、里子は叔母の影にすっぽりと包みこまれ、叔母の影だけが土塀に映っていた。月の光が弱まったので、影もぼんやりしている。

その横に、うっすらと落書きの黒い線が浮かびあがっている。それが何かはもう、里子は理解していた。

里子は背後の影に言った。

おかあさん、これ、舟だったのね。この舟でおかあさんはときどきここに来るのね。

背中を覆うように広がる、母のような叔母のような影は、しばらく沈黙していたが、低くやさしい声で里子の耳元で囁《ささや》いた。

そうよ、里子に会いたくてね、遠くから舟を漕《こ》いできたのよ。元気で大きくなっているかなって。いつも窓から覗いていたの。

今日ね、私、生理になった。

一息に言った。そして続けて白状した。道夫に知られたくないから、まだ叔母ちゃんにも言ってない。

背中の影が動いて、叔母になった。叔母は土塀に描かれた舟の上を指さした。

ねえ、このヘンな字みたいなの、何て書いてあるか解る？　叔母ちゃんはいま、魔法の眼鏡をかけたように読めるのよ。これはね、あの世の言葉で「おめでとう」なの。

ほらこれが「お」で、こっちが「め」で。

叔母の横顔が濡れているのが、里子にも一瞬見えた。

銀《ぎん》杏《なん》

「秋深き隣は何をする人ぞ」という芭蕉の一句ほどには風情が漂う出来事ではないけれど、こんなこともあるのです。

マンションの一階で小料理屋「諸行無常《しょぎょうむじょう》」を営む真之介《しんのすけ》はかなりのハンサム、すねたり怒ったりするたび、その苦み走った顔が、鬼の面の彫刻のように怖く見えるのも、整い過ぎた目鼻立ちや彫りの深い顔立ちのせいだから仕方無い。

それでも店は繁盛している。無口でぶきっちょで、ひたすら手元に目を据《す》えて包丁を握り鍋を覗き込む姿が、律儀な職人気質としてお客に信用され、料理の味も良いことから、カウンター八席だけの小さな店は、いつも人の出入りがあった。

店を出して六年が経つけれど、ふつうはがむしゃらに仕事をする時期なのに、人生は思う通りには行かないのだから、どんなに頑張っても小さな店など世の中の流れには抗《あらが》えない。その時はその時、店を畳み、ついでに人生も畳んでこの世におさらばすれば良い、と思っている。けれどむざむざ潰したくもないので毎日を精一杯生きる、それだけのこと。

諦念《ていねん》めいた居直りが、外からはある種の静かな誠実さに見えた。

初めてこの店にやって来た客は、まずは真之介を無愛想だと感じるが、やがて必要以上の言葉を交わさないひとときが心地良くなる。料理を褒めたときだけ、照れたような目で無理矢理ニコリと笑み返すのだが、その顔は元が鬼面《おにづら》だけに思いがけない優しさや滑稽さが滲《にじ》み出してきて、客はいつになく安堵と幸福感を覚える、という具合。

「諸行無常」という名前も、小料理屋にしては暗くてなんだか抹香《まっこう》臭いし、第一料理が美味しそうには見えないが、最初に思いついたのがこれだったし、あれこれ考えるのも面倒で決めた。平家物語の冒頭にもある一節だということは、開店したあと年配の女性客から教えてもらった。そんなことも知らないで店の名前を決めたの？ と言われたときは、さすがに恥ずかしかった。

酔った勢いで、

「もしや板さん、お寺のご出身？」

などと声を掛けるお客もいる。いえ違いますよ、と小さく答える声がまた、気分を害したと思われるのか、あ、失礼失礼、ごめんね余計なこと訊《き》いて、などとお客に謝られたりするのだ。一人で仕入から調理までやるのは大変ね、でも人を雇うのも気詰まりなものだし、真之介さんは一日中働いてエライなあ、などと慌てて饒舌《じようぜつ》に取りなしたりする様子に、彼はただ、申し訳ない心地になる。客あしらいが下手だから気を遣わせてしまうのだと判っているが、これればかりはどうしようもない。

店は夕方六時に開ける。大鉢料理は五時には作り終えていた。このところは秋野菜が美味しい季節なので、里芋や小松菜などの炊き合わせや湯葉と秋ナスの煮浸し、鰯《いわし》の梅煮など、いつお客が入ってきてもすぐに小鉢に盛って出せるようにカウンターの上に並べて置く。お客の多くは、壁に掛けられたメニューを見るより目の前の大鉢を覗いて、あら美味しそうね、と注文する。やはり文字から味を想像するより、実物の方が食欲をそそるらしい。

仕込みと下ごしらえ、調理に昼間の時間を使う真之介だが、今日も間に合わなかったのが銀杏の下ごしらえだ。晩秋の銀杏は薄皮を裂かんばかりに太って張りがあり、嚙《か》めばもっちりと歯に絡みつく。たった一粒でも、独特の香りを口の中に広げる。ごま油で軽く揚げて塩をふり爪楊枝《つまようじ》を添えて出すと、お客はしばしその艶々した緑色に見とれて、勿体《もったい》なさそうに口に運ぶのだ。

確かに下ごしらえには手間がかかる。市場で買ってくる銀杏は、固い殻《から》に包まれているのだが、実が大きくて殻がしっかりしていて、しかも生成り色の艶がある上物はなかなか見つからない。殻の表面から艶が失われた銀杏は、割った中身も瘦《や》せている。手にとって、見た目と重さで中の実を判断するのだが、上等な銀杏を手に入れても、デリケートな実を傷つけずに殻を割らなくてはならず、これがまたひと手間だった。専用の殻割器ではなく真之介は自分の手に合ったペンチを使うので、時間がかかってしまう。またこの作業は、真之介の気分を滅入らせるので、いつも後回しになってしまった。今日も十皿分だけ殻剝《む》きをしたところで、最初のお客が入ってきた。まだ六時にすこし間があった。

真之介は手元の作業を止めて、急いで手を洗う。銀杏を剝くと独特の匂いが指に染みつくし、敏感なお客は、おしぼりに付いた銀杏の匂いに気づくかも知れない。

顔を上げて、いらっしゃい、と声をかけた。初めての客で、真之介より少し年上の四十代後半と思われるカップルだ。どこかに腰を下ろす場所を探して、たまたまのれんを見つけてくぐった、という様子。男はスーツにネクタイ、女は白いロングコートの下に灰色のセーター姿で、真之介と目が合うと女の方が軽く頭を下げて、よろしいですかと訊《たず》ねた。まだ準備中ではないかと気遣ったらしい。

「……のれんが下がっていたものだから」

「大丈夫です。すぐにおしぼりを用意します」

真之介の声が上ずっているのに、二人が気づくわけが無かった。真之介は目を伏せたままいつものようにおしぼりや箸《はし》をカウンターに置き、さりげなく女の横顔を盗み見た。

似ている。心臓の鳴りが大きく早くなった。

鼻筋が通り鼻の先が少し上に尖《とが》って額が丸くせり出した具合が気品と愛らしさの両方を生み出している。けれど似てはいても妻の純子《すみこ》のはずが無い。

純子にあの世から戻ってきて欲しいとどれほど願ったことか。会いたくてやりきれなくなったとき、彼は焼き場の台に乗せられて運ばれてきた純子の骨を思い出した。喉仏《のどぼとけ》だけ頭蓋骨の横に置かれていた。拾った骨の上に最後に乗せるためだ。鼻の骨だけが真っ白で、他の部分はすべて青鈍《あおにび》色にくすんでいた。これが純子か。こんなのは純子ではない。純子は永遠に消えたのだと、心の底をカラカラと風が抜けた。

「あら、この匂いは銀杏ですか」

「すみません、くさいでしょ？　殻を剝いていたものですから」

「塩で乾煎《からい》りするの？」

「いえ、うちは油で揚げます」

「美味しそうね、それ、いただきたいわ」

女の張りのある声に較べて、男は無気力に頷《うなず》いている。何か事情がある男女らしい。ビールと大皿の料理を頼んだあとは、二人は口をきかないで、女だけが真之介に話しかけた。

銀杏を出すと、爪楊枝で刺して口に運びながら、すごく美味しい、ねっとりして歯ごたえもあるし、などと女が言う。男の方はただ俯《うつむ》いて箸を動かしている。時々ポケットからスマホを取り出して素早く確かめ、心ここにあらずの様子でトイレに立った。女はそんな様子に気づかないふりで明るく振る舞っている。男が居なくなったとき、真之介は小声で訊いた。

「ご近所の方ですか？」

「……ずっと遠くから来たの。旅の恥はかきすてって言うわね。あのね、私たちアクトウなの」

「……アクトウというと、悪いやつ」

「そう、かなりの悪党」

真之介は笑い出した。久々に笑いが湧いてきた。

「何か、やらかしたのですか」

「そうよ。盗んだの」

「金ですか」

「お金なら返すことが出来るけど、そんなものじゃなくて、あの人の社会的信用と仕事と平和な家庭を、全部私が盗んじゃったの」

けれど女には悪びれた様子はなく、目のあたりに愛らしささえが浮かんでいる。

「……複雑そうですね」

「それほど複雑でも無いのよ。どこまで逃げられるかのゲームみたいなもの。ゲームオーバーになればすべておしまい。ハイさようなら」

ゲームオーバーとは、何だろう。警察に捕まるようなことか、それとも外国に逃亡するとか、一緒に死ぬとか。

女の清々《すがすが》しい声からはその意味が判らない。

「あのね、このお店の諸行無常って意味は、今日の日は二度と戻らないってことでしょ？」

「みたいですね」

「私たちも二度とこの店に来ることは無いと思うわ」

「もしかして、死ぬ予定とか」

軽く言うと、女も嬉しそうに微笑を返した。その視線の中には、真之介を見直したような、はっとした気配がある。案外的中していて、本気で死ぬつもりかも知れない。彼は無表情に戻って、包丁の先で鋭くサバに切れ目を入れる。

女の目を見ないでゴマサバを出した。

「悪党は死にませんよ」

と呟《つぶや》くと、そうですね、と女も小さく同意した。

「とくに、お連れの方は死にません」

「あらどうして？」

真之介はトイレから男が出て来ないのを確かめて、さらに小声になった。

「お連れの方、さっきからスマホを見てばかりです。スマホにはこの世のことが溢《あふ》れています。ずっと気になってばかりおられる。きっとトイレでもスマホですよ」

カップルでやってきて、片方が長い時間トイレに入っているのは、大抵スマホをいじっているのだ。相手に知られたくない通信だろう。

「ですからね、死にません。それにお客さん、全部自分が盗んじゃったなんて言われたけど」

「そう言ったかしら？」

「ええ、お連れの方の社会的信用とか仕事とか家庭とか……。でも盗んでなんか無いですよ。だってスマホの中に山ほどの未練が入っているし、お客さんがその気になれば、償えるものばかりじゃないですか？　死んでは償えませんからね。死んではどうにもなりません」

こんな会話に、なぜ力を込めているのか。女が妻に似ているからか、それとも胸の奥底で眠っていた一粒の緑色の記憶が、女を前にゆらゆらと競《せ》り昇ってきたのか。

その兆候は、彼らが店に入ってきた瞬間から始まっていた。真之介はいま、誰にも話したことがない秘密を、二度と会うことのない女を前に蘇《よみがえ》らせていた。

妻の純子の身体が、タバコも吸わないのに肺癌《がん》に蝕《むしば》まれて、残された時間が少ないと知らされたころ、真之介の人生もどん底の時期だった。それまで勤めていた老舗料亭から人間関係のいざこざを理由に解雇されて、それまでの借金を返せなくなり、その額は膨らむばかり、板前の仲間から教えられて投資した商品先物相場も、損失を出し続けてその板前とは不仲になった。彼は手助けしてくれたのに、情けなさに耐えきれず真之介の方から断絶した。長い付き合いの男だった。再就職は決まらず、パチンコでは負け、犯罪にだけは手を染めなかったけれど、学生時代の友人たちから金を借りまくり、二度と顔を合わせることの出来ない不義理が重なった。

四方八方に底なしの穴が開いている時期があるもので、そのもっとも深い穴が純子の病気だった。当時の経済的な心労が原因になったと、真之介は今でも思っている。それでも純子には独身時代のわずかな蓄えがあり、日々目減りする預金通帳の数字に怯《おび》えながら生きつないでいた。

入院病棟の大部屋の窓側のベッドで、すでに起き上がることが出来なくなった純子は、まるで今生での唯一の希望、生きるための呪文のように「おばあちゃんから貰《もら》ったロウカン翡翠《ひすい》の指輪」を口にした。ロウカン翡翠というのは、翡翠の中でもとんでもなく高級で希少、五百万はすると言っていた。入院が長引いて借金がかさんでも、最後にはあのロウカンを売れば何とかなるからねと夫を慰めた。

「硯《すずり》箱の隅に紙に包んで入れてあるのよ」

何年も前に、こっそり売ろうとしたことを真之介は言わなかった。業者に見せたが偽物だったことも言えなかった。

純子は緑色に輝く幻の希望に包まれたまま、あの世に旅立った。

カウンターに戻ってきた男は、スマホをポケットに仕舞いながら、冷酒を追加した。

「それから、銀杏も追加してくれる？　秋らしくていいね。秋の色だね」

それまで無口だったのに、男は笑顔になっている。スマホに何か良い情報でも見つけたのか。

「いま板さんにね、私たち悪党だって話していたのよ。悪党は死なないんだって」

女も表情が変わっている。

「え、そうなの？　悪党は死なないのか」

「死にませんね、私も悪党なので悪党のことは良くわかります。死ぬのは善良な人間ばかりです」

「あら、板さんも悪党なの？」

女にまじまじと顔を見られて、真之介は目を伏せる。死んだ妻に見詰められている気がした。

「だから、こんな鬼面になってしまった。子供のころはもっと可愛かったんですが」

「あら、今も可愛いわよね、ね、笑顔になるとすごく可愛い」

女に腕をつつかれた男は、まあね、鬼というほどではないよ、と笑った。

その爪楊枝の先には、油をくぐらせたばかりの、深い緑色にテラリと輝く銀杏。ロウカン翡翠より、美しくて完璧に見える。

「そろそろゲームオーバーかしら」

と女が言う。何のことかと男が不審そうに、けれどどうでも良さそうに立ち上がる。

女はバッグから財布を取り出した。

「……私たち、この上のマンションに住んでるの。息子が友達と来て、お酒も料理も美味しいって褒めてたから、一度来てみたかったの。また来ますからよろしくね。それから板さん、鬼面なんかじゃなくてハンサムよ」

女の悪戯《いたずら》っぽくて挑発的な目が、真之介の胸にささる。参りました、またお待ちしています、と笑顔で言い返しながら、身体の底に生まれた奇妙なときめきと、苦い淀《よど》みに気がついた。

二人が出ていったあと、残された銀杏を口に放り込み、ゲームオーバーには出来ないこともあるのだと思った。トイレに行きあらためて鏡を見ると、確かに鬼の面というほど酷《ひど》くも無い。

冬

牡蠣殻《かきがら》

人の記憶ほど当てにならないものはない。ときには自分で気づかないうちに都合良く思い込んでいることもある。もちろん逆もある。そしてほとんどの場合、他の誰かに訂正されることもなく、時間の経過とともに自分の中では確かさを増すものだが、あるとき何かの拍子に、揺らぎ崩れることがある。

十歳年齢の離れた姉妹がいる。姉の美子《よしこ》は医療事務のベテランで、独身を通して還暦を迎えた。最近は体力も落ちて未来に悲観的である。人生を犠牲にして働いてきたのに貯金は充分ではなく、年金も大して当てにならないとなると、冬の落ち葉のように乾いたまま朽ちていくしかなかった。１ＬＤＫのマンションのローンは払い終えているけれど、この狭い部屋だけが我が人生の果実かと、まじまじと壁紙を見詰める日々だ。

そこへ行くと、妹の光子《みつこ》は中年にさしかかってはいるものの未来への野心はまだ充分に残っていて、半年前の離婚直後はいくらか気落ちしていたが、たちまち見違えるように活動的になり、生活に困らない程度の慰謝料を貰《もら》っているので、今は再出発の勢いに乗っている。光子からみると、美子の無気力は情けなく、子供のころから姉というより母親がわりに頼りにしていただけに、最近は近づきたくない存在になっていた。美子の真面目すぎる性格を、以前は頼もしく感じていたのに、姉の溜息《ためいき》に染まってしまうと、自分まで一緒に老いの奈落に転げ落ちそうで気分が滅入ってしまうのだ。とは言え、二人だけの姉妹である。姉に手を差し伸べるのは自分だけという責任の意識も光子にはあった。

十二月に入ると海沿いの道路に牡蠣小屋がいくつもオープンする。炭火で牡蠣を焼いてレモンを搾《しぼ》って食べるだけだが、炭火が爆《は》ぜる音と牡蠣の香りが、透明なビニールで囲っただけの小屋に充《み》ち満ちるのが心地良い。光子の一人息子が初めてガールフレンドを連れて来たとき、気詰まりな雰囲気の中で息子が牡蠣小屋へ行かないかと言い出した。家で向かい合っているより話しも弾み、打ち解けることが出来た。

「お姉ちゃん、牡蠣は若返りのクスリだってテレビで言ってたよ。行ってみない？」

光子が誘うと、美子も渋々という感じでその気になった。姉に会うのは久しぶりだ。光子の車で出かけたのは、週末の昼過ぎだった。

道路は混んでいたけれど、牡蠣小屋は昼時の家族連れが去って空《す》いていた。姉は牡蠣小屋が初めてのようで、大きなボウルに入れられた牡蠣が運ばれてきたとき、驚いてのけぞった。大きさは不揃いだがいかにも新鮮そうで、指で摘《つ》まんで金網に乗せると、食べ物というより重大な作業を始めた気分である。美子も久々に笑顔を見せると、光子を真似て炭火に乗せた。するとたちまち牡蠣の香りが立ち上ってきた。

「……これもう、食べても大丈夫と思う」

と光子が一つ摘まんで姉の皿に乗せた。

「いや、もう少し火を入れないと」

と美子は呟《つぶや》きながら炭火の上に戻す。

「大丈夫よ。焼きすぎると固くなる」

同じ牡蠣がまた美子の皿に来た。今度はこわごわと指で蓋《ふた》を取り覗き込んだ。圧倒されたように上体をのけぞらせ、わあぁ、と意味不明な声を上げた。その声は死んだ母親を思い出させた。

「……どうしたの？　今の声、ママかと思った」

「中からサメが出てくるかと思った」

「サメ？　サメが出てくるの？」

「そうよ、サメの卵はこんな大きさで、こんな恰好《かっこう》してるの」

「殻に入ってるの？」

「半透明な鞘《さや》みたいなの。中でサメの赤ちゃんが動くの。見たことない？」

「無い」

「ぷくぷく動くの」

美子は光子より神経質で潔癖だ。死んだ母親もそうで、何事にも用心深く怖がりだった。母親と美子から見ると光子は逞《たくま》しいが、無鉄砲でときには無神経だと怒られた。母親と美子は短歌や書道をやっていたが、光子は室内でじっとしているのが嫌いだ。育児を終えたあとは、バレーボールや山登りに夢中になった。

「さっきお姉ちゃんがびっくりした声を上げたでしょ？　ママが毛虫見つけたときとか、同じ声で叫んでたの思い出した。わあぁ……って反射的にのけぞって逃げ出した。お姉ちゃんはママの遺伝子をいっぱい貰ってる」

「……ママは牡蠣を食べなかったけど、私は食べます」

「え、そうだった？　ママは牡蠣を食べなかった？」

今度は光子がのけぞって言う。

「食べなかったわ、牡蠣はお腹を壊すし、バイ菌が沢山いるから食べてはいけないって、頑固に言ってました」

わずかに声が固くなっている。

「それ、お姉ちゃんの記憶違い。だって、酢がきとか家で食べたもの」

「私は食べた記憶ないわ。ママはぶよぶよして味がはっきりしないもの、気味悪がったし」

言い出したら母親と同じで、一歩たりとも譲らない、そのままにしておかないというか、自分の考えを相手に呑み込ませるまで繰り返し言うのも母親そっくりだ。光子は少し口元を緩めただけで話しを変えた。

「ほら、こっちもぷっくりしてきた。固くなるまえに食べて食べて！　どんどん行っちゃうわよ」

光子は自分の皿に一つ、姉の皿にもまた一つ乗せた。姉も二個目からは馴れた手つきで殻を外し、添えられたレモンを搾りかけて、汁ごと口に啜《すす》り込み、舌の熱さを息で加減しながら、それでも何か言おうとしている。

「あろれえ、美味ひいラベモノは、いふもわらしをスロオリひたの」

は、と姉の口元を見る。口は牡蠣の熱さに耐えて滑稽な恰好をしているけれど、姉の言葉は鋭く届いた。あのねえ、美味しい食べ物は、いつも私を素通りしたの。

聞き取れなかったふりをしようか。けれど光子には無理だった。

「何言ってるのよ。そんなことないわよ。ママは何でもお姉ちゃん第一だった。ママの愛情の七割はお姉ちゃんに行き、私は残りの三割だった。でも、仕方無いと思ってた。鳥だって獣《けもの》だって、最初に生まれてきたのを大事にするのが本能だから。それに、二番目以下は、子育てにも馴れているから、エネルギーを使わなくても育つ。そういうものなのよ親の本能って」

言い終えてすぐに後悔が走った。姉だって熱々の口でしか言えないこともあるのだ。それを真正面から受け止めてしまった。美子は三つ目の牡蠣をお皿に運びながら、今度ははっきりと呟いた。

「……ずっと光《み》っちゃんが羨《うらや》ましかった。歳の離れた妹だから欲しいものを欲しいって言えたし……年上だと自分の願望を半分にして、ママの顔色を窺《うかが》いながらでしか口に出来ない。思っていること何でも言えるあんたが、ホント羨ましかったんだから」

高度成長期以前の公務員一家は、豊かさとは縁遠く、つましく質素に生きていた。その記憶があるので、美子の言い分には一瞬胸が痛んだ。姉はいつも、欲しいものなど何もなさそうだったし、本当に欲しくないのだと思っていた。母はいつも、美子は欲が無い子、と言っていた。それは褒め言葉だった。けれど屈折した欲望は折り畳まれて、胸の底に仕舞い込まれていたのだ。

「私は無理矢理、早く、オトナになったの」

美子の横顔を盗み見ると、眉間に皺《しわ》を寄せて目は手元の牡蠣を見詰めている。けれど象牙色に柔らかく膨らむ身の中に、怖いものが潜んでいる。

母親の七回忌も済ませた。それ以後、姉妹で昔話をした記憶はない。母親が牡蠣を嫌いだったとは思わないし、美味しい食べ物が姉を素通りしたとも思わない。姉が欲しいものを我慢して言わなかったというのは少し解るが、妹を羨ましく感じていたなんて信じられない。姉の頭の中にヘンな虫が住みついてしまったのか。認知症の症状で、一つ思い込むと、思い込みに即してどんどん妄想が膨らみ、あたかも事実のように存在してしまうとテレビの番組で言っていた。姉はその領域に入ってしまったのだろうか。

金網が持ち上げられて飴《あめ》色の炭火が加えられたとき、火に落ちた牡蠣殻が顔近くまで爆ぜた。

「……牡蠣の殻みたいだって、光っちゃん言ったよね、ママのお骨を拾うとき」

姉の記憶は、突然母親の火葬に飛躍したようだ。

「え、そんなこと言った?」

「スゴイ発想だと思った。ママの骨と牡蠣の殻か……」

「けしからんって、怒ったんでしょう」

「いえいえ、驚いただけ。でも、殻付きの牡蠣を見るたび、あのときの光っちゃんを思い出した。ママの短歌で、友達の葬送を詠んだ一首があるの……形無くなるといふことの悲しみよ花びらの如《ごと》きみ骨拾ふ……」

「ママにとっては牡蠣の殻ではなく……」

「花びら……だったのよ」

でもあれは、花びらではなく、やはり牡蠣の殻の色に近い気がする。その違いが姉や母と自分を隔てているのだ。

「それは失礼しましたね。私は短歌なんか詠まないし、世の中をロマンティックに見ることもない現実主義者だから、焼き場の骨を花びらなんて思いつきませんわ」

明るく冗談のように言ったつもりだが、姉の目の中で暗い火の粉が跳ねた。

「花びらだと表現したら花びらになる。そう思いたいか思いたくないかの違い」

光子はゆるゆると溜息を吐いた。姉や死んだ母親から責められている心地がした。炭火に焚《た》かれている牡蠣のようにパチパチと胸が痛む。

「……でもお姉ちゃん、良くママの短歌を覚えてるよね。解り合えるものがあるのって、羨ましいのはこっちよ。私はいつもスニーカーしか履かない人間で、ママもお姉ちゃんもヒールがある靴で生きてきた人間。子供のころは私は拾い子だと思ってた。だから血液型を調べて大丈夫だと思ったときは内心でほっとしたの」

光子の心の喘《あえ》ぎが伝わったかどうか。

まるきり別世界を彷徨《さまよ》っている、というより、遠い日に戻って、何かをやり遂げてしまわないと、目の前の牡蠣を食べることも置くことも出来ないほどの切羽詰まった様子の美子は、持ち上げた熱い牡蠣をそのまま皿に戻して言った。

「……もう一つ、ママの短歌を覚えているの。あれは三人で沖縄に行ったときの一首……オリオンの星座を仰ぐ島の道握り合ふ吾娘《あこ》の掌《て》があたたかし……」

「それは沖縄でなくて与論島だったと思う」

「いえ、沖縄だった。与論島に行ったのは別の日」

「まあいいわ、どっちでも」

どっちでも良いわけではない、あれは与論島だった。父が家に戻ってこない時期があり、母は突然与論行きを言い出したのだ。

「……私は二人のすぐ後ろを歩いていたの」

と美子は、確信に満ちた老裁判官のように言った。

「すぐ後ろって?」

「ママが光っちゃんの手を引いて、オリオンを見上げながら暗い道を歩いている後ろから、私は黙って付いていった」

光子はうんざりしている。皿の上に山を作った牡蠣殻に、ホントにそんなこと覚えてるの? と吐き出した。

「お姉ちゃんはさあ、ママの短歌を、実際に在《あ》った出来事みたいに映像化してるだけなんじゃないの? オリオンなんて実際に見たかどうか……もしそんな場面が在ったとしても、手をつないでいるのはお姉ちゃんだったかも知れないし、後ろをとぼとぼ歩いているのはチビの私だったかも知れない」

「光っちゃんにとっては、どうでもいい場面だったかも知れないけど、私には忘れられないシーンだったの。目を閉じると、サトウキビが両側に繁る夜道を、光っちゃんと手をつないで歩くママの後ろ姿がはっきりと浮かんでくる。暗くて足元が悪いのに、まるで私はそこに居ないような感じだった。若い人の言葉ではシカトって言うの? 無視。振り返って大丈夫? って声をかけてくれるのをずっと待っていたのに、ママは一度も振り返らなかった。あのときほどママを遠く感じたことは無かった」

このままそれぞれの記憶に溺れていくと、取り返しのつかない溝が出来そうな気がして、光子は立ち上がる。姉の中に仕舞い込まれた母親を訊《たず》ね続けると、どんどんやっかいな場所に追い込まれて行きそうだったので、

「お腹がいっぱいになったし、ちょっと海岸を歩かない？」

と切り替えた。道路の向こうには砂浜と海が見える。傾いた太陽で海面がオレンジ色に輝いていた。

歩き始めると、足元は砂というより貝殻や小石、波で細かく砕かれたガラス片や海藻なども混じった、かなり固い土だった。目を上げると遠い半島が水平線上に伸びていて、空気が澄んでいるのか樹木まで青黒くくっきりしていた。空は明るいのに風が冷たい。

黙ってしばらく歩き、どちらからともなく背伸びして腰を下ろす。波音が近くなった。

「……そういえば、ママは心ここに在らず、という時があったよね……あのサトウキビの道でも、気持ちが全然別のところへ行ってしまってたのかも。無視とかシカトじゃなくて、ママの気持ちがそこには無かった……」

美子もかすかに頷《うなず》いている。思い当たることがあるのかも知れない。

けれどそのとき、ママの心に何が在ったのかは、光子にも美子にも解らない。吾娘

の掌をあたたかいと詠んだのは、後日つまり旅から帰って、過去の時間を短歌にしたときであって、あの瞬間は、吾娘の掌など忘れていた……それを後悔しながら作った一首かも知れない。

「ママは、一度も離婚を考えなかったのかな……パパ以外の男の人を好きになったこと、無かったのかなあ……」

けれどその返事の代わりに、美子は静かに呟いた。

「やっぱりあれは、光っちゃんが言うとおり、与論だったかもね……焼いたお骨も、確かに花びらというより、牡蠣殻だわね」

光子は姉の肩に手を伸ばして、長生きしようね、と言う。

寒椿

世にあり得ない不思議なこと、あり得ないはずだが確かにある、それを見せてくれるのは人の情だろう。人の情は理不尽なだけに、美しく哀れな世界を作りだしてくれもする。

まず小夜子《さよこ》の容姿を説明すると、彼女は人並み外れて美しい。目鼻立ちが整っている、というわけではないけれど、誰が見ても美人だと感じる。彼女を美しく見せているのは実はその額で、少し飛び出し気味に光を集め、いつもしっとりと汗を浮かべている。時には切ない衝動や真剣さが浮かびあがる場所であり、また俯《うつむ》けば悲しみがせり上がってくるので、対面する人間は顔の何処《どこ》よりも小夜子の額に視線が行くのだ。そのせいで目や鼻のバランスの悪さも魅力的に見えてくるから不思議である。

すでに四十代も半ばになっているのに、友人や近所の人間は、まるで魔法の水を飲んで若返っているのかと冗談を言いつつ、いぶかしんでいた。

半年前、夫を脳出血で亡くして、しばらくは失意のせいで身をかまわず、化粧もせず自宅に引きこもっていたのだが、その無残さもまた憂いの魅力に感じさせた。

その頃、本心から心配してカレイの一夜干しを持ってきてくれた近所の女性に、小夜子は薄くやさしく笑み返したのち、慌てて元気を装い、すごく嬉しい、好物なの私、などと少し高い声で礼を言った。けれど数日後同じ女性がほうれん草のおひたしを持参すると、台所の隅にカレイの一夜干しが放って置かれているという具合。

その頃は食べるのも面倒なほど、亡き夫のことを思っていた。自分に必要なのは、夫だけだったのだと思い知る毎日。そのすべてが失われたのだ。夫ほど完璧な人間はいない。容姿も清潔な気持ちも、そして小夜子への愛情も人間離れしていた。それに加えて、友禅の絵師としての腕は、京都から故郷の村に戻ってからも注文がくるほどの、日本のトップクラスだった。

年があらたまり、初釜《はつがま》をはじめ幾つかのお茶会がある頃になると、着物を着る機会が増えて、小夜子は蘇《よみがえ》った。夫に勧められて茶の湯の稽古に通う彼女は和服が好きで、これも夫の仕事と無縁ではなかった。

小夜子が着物を着て出かけるとき、仕事場で手仕事をしている夫の目が小夜子を捉え、たちまち表情がほぐれ崩れて、幸せそうな笑みが零《こぼ》れるのだった。

もう一人、小夜子の着物姿に目を細める男がいた。茶の湯の師匠だ。すでに還暦を過ぎているが、白皙《はくせき》の面《おもて》は嵐が来ても微動だにしない静けさをたたえているのに、その実、目の奥にだけ好色な炎を留めていて、それを茶の湯への情熱のように見せかけていた。弟子たちはその小さな炎に気づいていながら、気づかぬふりで無邪気にふるまった。ある年上の弟子は、先生は竜のような目を持っておられて怖いです、などと胸に手を当ておどけてみせながら、媚《こ》びた視線を送る。いやいや竜の目も老いてしまえばガラス玉、哀しいね、などと溜息《ためいき》をつきながら言い返すが、その視線は媚びる女ではなく、小夜子の反応を盗み見ていた。小夜子が茶道のお点前にだけ関心を払い、弟子たちとの会話にはかすかな微笑以外の反応を見せないのが、彼には物足りなくそして内心の焦りにもなっていた。

弟子たちの中で小夜子が一番美しく、それでいて孤立も恐れず、崩れた会話から距離を置くのだから、弟子仲間からは内心で疎《うと》まれていても仕方無い。

小夜子の夫の死に、彼女たちは心底同情し慰め、そしていくら美人であっても厄災は降りかかるのだと溜飲《りゅういん》を下げた。さらに女の本能だろうか、師匠が小夜子に近づくのではないかと、先回りの警戒心まではたらかせた。

そしてその警戒心は当たっていた。四十九日の法要が終わると、師匠は達筆の手紙を小夜子に寄越《よこ》し、哀れみを装って自分の好意を伝えた。

人生を長く生きてくると、共感や同情といった人間的で美しい感情の中に欲望を混入させたり、上質な人間愛を装いながら、エゴイスティックな自我をしのばせたり出来るもので、当人はそれと気づいていないぶん、始末が悪い。

けれど小夜子は、手紙の文面の奥に潜ませた師匠の微熱に気づいていた。

美しいあなたを残して旅立った御主人は、きっと影になってあなたの直《す》ぐ側にいらっしゃると思いますよ。永遠にその影と添い続けるあなた。男として嫉妬さえ覚えます。

師匠が書きたかったのは、男として、の数文字だと感じた小夜子は、周りの人間が想像出来ないほどの大胆な返事を書いた。もちろん誰に読まれても問題の起きない文面だったが、実際には共犯者になったのだ。

お手紙、女として嬉しく拝読しました。夫の影を時々見失いそうになります。

返事の文面の、女として、の数文字だけを師匠は受け止めた。そして、旅立った魂のために、二人で茶を献じませんか、と言ってきたのだ。最後にこう記すことも忘れなかった。

茶室の暗さは、すべての魂を落ち着かせてくれますよ。

こういう微妙で危ういやり取りを、夫と交わしたことが無かった。木訥《ぼくとつ》で真面目で誠実な友禅職人だったけれど、あるがまま、それ以上でもそれ以下でもない存在だったのが、すこしばかり残念に思えてきた。夫にも欠点はあったのだ。

師匠の術中に嵌《は》まったのかも知れない。小夜子は師匠の誘いを受けた。

それは良く晴れた日だった。アイスグリーンの空が広がる下を、一人で茶室に向かった。

裾《すそ》から肩にかけて寒椿を描いた訪問着は、夫が京都にいたときの作品だ。展示会で高い評価を貰《もら》っただけでなく、地域の特別技能賞も受けた。椿は赤くなくどちらかと言えば干し葡萄《ぶどう》色で、布地の鼠《ねずみ》色と良く合い、華やかだが凛として上品だ。博多帯は小夜子が結婚するとき母親から持たされた、草色の濃淡で織られたものだった。追悼の茶会なのだから、無地の着物が無難だと思ったけれど、追悼だからこそこの袷《あわせ》を着たかった。

小夜子の体内で矛盾する感覚がせめぎ合っていた。この寒椿を着れば、師匠の誘惑から身を守れそうだ、きっと夫が守ってくれる。けれどそれなら誘いを断れば良い、断りもせず茶室に向かうならこの寒椿を着てはならない、いやそれでも着たい。

小夜子はこの着物が自分を一番引き立たせてくれるのを知っていた。身体に添う柔らかい布に包まれるとき、胸の盛り上がりや肩のなだらかな線、裾から覗く白足袋《たび》まできりりと美しく際立たせるのが解っていた。そしてその身体を覆うように、夫の描いた寒椿が細い枝から零れそうに溢《あふ》れているのだ。自分が一番強くなれる着物はやはりこの一枚。

師匠の家までは歩いて二十分だが、いつもバスに乗る。けれど小夜子は冷えた空気で身体を清浄にしたかった。歩き出してみると寒さは消えて、肺から胸、そして腹部へと清々《すがすが》しい空気が流れ込んできた。

小夜子は自分の高揚を、足を動かすことで少しでも解消したかった。その高揚を見詰めるのが怖かった。見詰めなくても、ぼんやりと迫ってくる光景がある。四角く切った窓から落ちる明るみ。明るみが落ちた場所以外の澄み切った暗さ。筋が浮き上がる師匠の手の動き。いつもわずかに湿っている唇は閉じられている。その唇が動くのが怖い。小夜子の胸の一番の弱点を突いて、細く強靱な言葉の刃物がひやりと入り込んでくる。たとえば、夫との関わりや今の心境、その奥に蠢《うごめ》く不安や寂しさにまで、刃先は届くだろう。わずかな動揺も見逃さず、鋭く柔らかな触手が伸びてくるのだ。それに耐えられる自信がない。その場で何か不都合な関係が起きる、というわけでは無いにしても、小夜子に透明な糸が絡みつき、時間をかけてじわじわと引き倒される。

その魔力に自分は抗《あらが》えるだろうか。もし抗えなければどうなるのか。裾捌《さば》きが絡みつく両足に特別の感覚が生まれて、小夜子は立ち止まる。頬や首はひんやりしているのに、着物の内は汗ばんでいた。

目の前にこんもりと木立が茂っている。元は鎮守の森だったのかも知れないが、いまは鳥居も社もなく、それでも空から落ちてきた巨大な緑のカプセルのように、杉や楠が身を寄せていた。

こんな場所に森があったかしら。

中を覗きたくなって踏み込んでみた。まだ約束の時間には余裕がある。木立の囁《ささや》きが聞こえた。ここでその昂《たかぶ》りを鎮めていらっしゃい。緑の匂いを嗅いでみてはいかが。

草履が柔らかく土に沈み込む。土も人肌のように体温を持っている気がした。

ふと目を上げると、森の真ん中に立っている。全方向が立木に囲まれ、入ってきた道も見えない。小夜子は閉じ込められていた。胸騒ぎと震えと、期待感のような不思議な感覚が波のように起きた。これから何が起きるのかは全く解らないのに、すべては道理に適《かな》い、そのように成るべくして成るような、その道理からは逃げられない諦めのようなものまで、ひたひたと迫ってくる。

荒々しい気配を感じて小夜子は振り向いた。そして数歩跳びのいた。脱げた片足の草履は象牙色で、目の前に転がっているというのに、小夜子は草履を見ることができない。

小夜子を射すくめ、小夜子も視力のすべてで見詰め返しているのは、今にも飛びかかってきそうな真っ白い獣《けもの》だった。少しでも視線を離せば、その瞬間小夜子に向かって牙を剝《む》き突進してくる。その隙《すき》を与えないために、全力で獣の目を見続けているしかない。小夜子の本能がそうさせた。恐怖に負ければ嚙《か》みつかれる。

数秒か数十秒かが経ち、獣の視力が緩んだ。そのとき初めて、それが人間より大きな、ふさふさとした真っ白い毛に覆われた犬だと判った。一筋の汚れもない全身の毛が冷気を含んで盛り上がり、濡れたような黒目がわずかに切れ上がっている。がそれも、敵意というより小夜子の内心を見透かすような、鋭く静かな気配に満ちていた。

小夜子の中に、懐かしいような、どこかでこの犬と逢ったような親密感と、いやこの犬はまさに畜生《ちくしょう》でしかなく、油断すれば食い千切られるという恐怖の両方に縛られ、身動きが出来ない。

距離を置いて見つめ合っていた両者だが、やがて犬の方からゆっくりと近づいてきた。前足を動かすたび首周りの毛が波打ち、鼻先の黒い部分が持ち上がる。視線は小夜子の目を捉えたままで、小夜子は釘を打ち込まれたように動けない。けれどなぜか、この犬が自分を襲うことはない気がした。嚙み殺すならとうにそうしているだろう。飛びかかられればその体重を受け止める力はないし、狼のような長い口を開ければ、小夜子の頭を一嚙みで砕くだろう。逃げても無駄なのだと小夜子は背筋を伸ばし、ただ立ちすくんでいると、犬は小夜子に触れる近さまで来て、首をゆっくりと持ち上げた。

小夜子はこわごわと手を差しだし、犬の頰の毛に触れてみた。その一瞬、黒い穴のようだった犬の目が、切なげに細められるのを見た。小夜子は半信半疑ながら、声を掛けてみる。

「とても美しいわ。あなたは美しいものを描き続けたけど、いまのあなたは、あなたが描いたどんな絵より素敵」

小夜子は反対の頰にも手を添えて、ゆっくりと撫《な》でた。犬の両目は閉じられ、閉じられた目から涙が溢れてきて、頰の毛を濡らして落ちた。綿毛のようだった白い毛にいくつもの玉のつゆが付いた。

「私の声は聞こえるのね？　でも、あなたの声は聞こえない。とても静かなあなた。足音もたてずに動けるのね。逢いたかった。もう一度逢って、あなたに触れたかった」

小夜子が蹲《うずくま》ると、犬の顔は小夜子の顔よりわずかに高い位置にあった。両手をその首に回すと、犬もその手に添うように首を倒す。それからゆっくりと横になった。小夜子もそうした。犬の身体は小夜子より長く、一段と大きくなった。

犬の吐く息が顔にかかる。それもどこかで嗅いだような匂いだった。

「この着物、覚えているでしょ？　あなたの最高傑作」

犬はまるで手書きの線と色をなぞるように、小夜子の肩の椿に口をつけ、それから襟《えり》の一花に鼻をこすりつけた。さらに胸にさらりと描かれた花弁から蜜を吸う要領で小夜子の体温を呑み込むと、その口はゆっくり身八ツ口へと向かう。小夜子はくすぐったさと幸福感で少女のような笑い声を立てた。

そのやわらかな成り行きが壊れたのは、犬の鼻が小夜子の腰のあたりに来たときだった。犬は何か異様な匂いを嗅ぎつけたように突然動きを止め、鋭い声をあげた。はっと身を退いたが遅かった。小夜子は犬が何に反応したかが判ったのだ。そのあたりでは、歩いてきた途中の汗が匂っているはず。そしてその汗は、茶室で起きるかも知れない場面を想像したために、皮膚の下から滲《にじ》み出てきたものだ。

「ごめんなさい、あなた」

小夜子は裏返った上前を手で掻《か》き合わせ、躙《にじ》りながら後ずさる。ごめんなさい、ごめんなさい。まだ何も起きてはいないのよ。未来永劫《えいごう》、私はあなただけのものです。

そのときだ。犬は真っ白い頭を上下左右に振り立てながら小夜子の腰に嚙みついた。小夜子がとっさに腰を引いたので、犬の歯は着物の裾に引っかかり、布の破れる音とともに唸《うな》り声が響いた。

小夜子の哀願と恐怖の顔を覗き込んだ犬は、ゆっくりと牙を収めて空っぽの表情に戻っていく。小夜子は食い殺されても良いつもりで、荒い息づかいの犬に手を差し伸べた。

けれど犬はもう、喜びで膨らんでいた体毛を萎《しぼ》ませ、雨に濡れたように小さくなっていた。小夜子を見つめていた目を哀しげに地面に落とすと、そのまま数歩後退し、項垂《うなだ》れたまま白い尾だけを別れの合図のようにゆらゆらさせ、森の暗がりへと消えた。

小夜子は慌てて襟を掻き合わせ、裾を整える。今の出来事は何だったのか。夢を見ていたのか。けれど夢ではない。犬の歯で嚙み千切られ裂かれた裾が手に触れる。それは小さな穴になっていた。

ふと足元を見ると、干し葡萄色の椿がぽつんと一花、落ちていた。あたりを見回しても椿の木は無い。この着物から落ちたのだ。拾い上げて手で包んだ。

もはや茶室に向かう気は失せて、小夜子は椿の花を手に、来た道を戻って行った。

春

夜の梅

人生の挫折なんて、誰でも一度や二度はある、とはいうものの、その瞬間は拳《こぶし》で世界に殴りかかり、世間を呪い、自分さえも抹殺したくなるものだ。

二日市に住む高校三年の優太《ゆうた》は、月も星も見えない闇の中を歩いていた。目的地があるわけではない。どの方角に歩いているのかも判らなかった。強いて言えば、この世に地獄があるなら、その地獄が自分を受け入れてくれるかも知れない、それでもいい、自分を待ってくれている場所があれば、このまま歩いて辿《たど》り着きたいと思った。

狭い家の隣にある父親の木工家具工場で、父親が塗装用の台の下に隠していた安ウイスキーを、優太はガブ飲みして出て来た。父親が左親指を電動鋸《のこぎり》で切断してしまったのも、酒のせいだった。あの事故以来、酒を止《や》めると言いながら、ウイスキーを隠し飲みしていた。優太はそのことに気づいていたが、何も言えなかった。

三年前、母が大阪の実妹のところに去り、妹のスナックを手伝うようになって間もなく、離婚してほしいと言いだした。父親は黙ってハンコを押し、口もきかず酒を飲んだ。

優太には、大学だけは出してやる、と言い続けてきた。けれど優太の成績では国立や公立の大学は無理で、私立大学の入学金となると払えるはずもなかった。それでも父親の期待を裏切ることは出来ず、一番可能性のある地元の私立を受けたが、今日その結果が判ったのだ。不合格だった。

父親に不合格を伝えると、ぷいと横を向き、大卒でないと俺みたいになるぞ、と酒で焼けた顔を歪《ゆが》めて怒った。大学など諦めて俺の工場で働け、と言ってくれるのではと思っていたのに、父親はそのまま息子に背中を向け、唯一の希望を砕かれたように肩を丸めながら酒の瓶を手繰り寄せた。

仕事がうまく行っていないのも離婚も、自分の学歴のせいだと考える父親を、優太は蔑《さげす》み、自分の人生から払い落としたくなった。

こんな小さな木工家具の工場で、それで無くとも減り続けている仕事を父親から奪うような生活はしたくない。もし大学に合格したとしても、入学金も授業料も出す資力は父親には無いのだ。

シャッターを下ろした通りは人影どころか猫の姿も無かった。ときどき車がすり抜けて行く。胃袋から込み上げてきたものを仏具屋の前で吐いた。

それからまた歩き始めた。頭がぐらぐらと前後に揺れて、ひっくり返りそうになるのをつま先と踵《かかと》でこらえていると、固いものにぶつかった。ポストだった。街灯のぼんやりした灯りで、小豆色に浮き上がっている。

優太はよじ登ろうと何度か身体をぶつけた。この四角い物体の上から空に向かって飛べば、地獄か天国か判らないけれど、あの世に行ける気がした。

けれど結局、ポストに絡みつくように蹲《うずくま》るしかなかった。拳でポストを殴った。枯れ木を踏んだような変な音がしたが、痛みは感じない。

蹲ったまま優太は笑い出した。情けなさが極まると、人は笑い出してしまうのだ。この発見は一瞬彼に暗い感動を与えた。大声で笑ってみた。自分の声にしらけた。誰か自分を見つけてくれ、拾い上げてどこでも良いからこの世の果てに捨ててくれ。

歩き出すしかなかった。ポストの足に絡みついたまま凍死するには、体力がありすぎる。凍死の前に夜が明けてしまうだろう。

両足で立つと、頭から血の気が引き、目の奥の陽炎《かげろう》が一回転した。それでも歩く方向は決まっていた。

通りの左右、閉めた店の顔はどれも同じで優太から目を背けている。暗い空気を通して、シャッターに書かれた「和装の三好屋」「時計と眼鏡のＳＯＮＩＣ」何を売っているのか判らない「静」などの文字が読めた。そのどれも優太に無関心なだけでなく悪意の無視を決め込んでいる。出されたゴミ袋を思い切り蹴ると、どこかで犬が吠えた。犬は怖い。走って逃げた。

やがて少し広い道に出た。白く浮き上がる歩道が優太を呼び寄せる。空《から》っ風が背後から押して来た。

いつかこの道を歩いたことがあるのを思い出した。母親と一緒だった。私鉄の駅があり、そこから左右に土産物を売る店がならんでいる。太宰府天満宮への参道に入りこんでしまったらしい。自分とは無縁の場所に出てしまったようだ。

家からどれほど歩いたのか判らないけれど、さほどの距離では無かったのかも知れない。昼間は天満宮へと向かう人たちを目当てに声をかけてくる食べ物屋や土産物屋の呼び込みは姿を消し、白い無機質なシャッターやビニールシートや積み重ねた縁台用の椅子が、立ち止まらずに早く行きなさい、風に乗って行きなさいと、優太を追い立てた。

鳥居をくぐると、暗い水底のように風も絶えて、一筋の光さえ見えないけれど、足元の路面だけがわずかに仄白《ほのじろ》い。左に曲がると、その仄白さも先へ先へと続いていた。

優太はわずかな明るみに従い滑るように歩いた。

この道がどこに繋《つな》がっているのか知って居る。真っ直ぐ行けば天満宮の社殿に突き当たるはず。近くに住んでいながら、来たいとも思わなかった場所へ、足は向いている。

これほどの神社に燈明《とうみよう》ひとつ無いのは不思議だ。見上げれば天空を黒々と覆う巨大な樹木がある。足の下に広がるのは水のようだ。上と下から魔物に挟まれていた。魔物は鉄色の膜を被っていた。鉄色が濃いせいで、そのあわいに浮かぶ道の行方が見通せた。

神社の社殿は色を失った塊になって、空の一角に立ち上がっているけれど、足元の明るみはその手前を右に回り込んでいた。ここは神の場所なのだから、神の意志に従おう。優太に謙虚さが戻ったわけではない。脱力したのだ。歩き疲れて自分をどこかに置き忘れてしまったらしい。

目指す方角から、嗅ぎなれない匂いが迎えにくる。鼻先を摑《つか》まれたようにその方角に歩いて行くと、匂いはますます濃くなってきて噎《む》せそうになった。実際優太は咳き込んだ。咳が立て続けに起きたせいで、立っていられなくなる。胸の空気を全部吐き出してもまだ咳が止まらず、苦しさに耐えがたくなって膝をつき、ようやく息を吸い込むことが出来たとき、あの匂いが濃い水のように肺一杯になだれ込んできた。

その匂いには麻酔と酩酊《めいてい》の作用があったようで、優太は草むらに倒れ込む。

これは地獄からの風か、それとも天国からか。地獄の風にしてはあまりに甘い。透明な優しさが折り重なる波のように、重く強く押し被さってくる。

起き上がる力は無いけれど、肘《ひじ》と腰を使って仰向《あおむ》けになることは出来た。その姿勢で薄く目を開いた。

優太の目に飛び込んできたのは、満天の星、と見えたが星ではなく、無数の白い花だった。その花々から優太の全身に、あの濃い匂いが落下し続けているのだ。

さらに目を開いたとき、自分に覆い被さっている幾つもの梅の枝に気づいた。細く分かれた黒い枝先に、吹雪が散り積もったように梅の花が盛り上がっている。それはまるで、白い槍《やり》のように優太の上で交差していた。

このままでは窒息してしまう。呼吸を続ければ、肺の中に妖しい粒子が遠慮もなく入り込んできて、身体の内側から溶かしてしまうだろう。

優太の焦りと混乱は、飲んだことも無かった父親の酒を盗み飲みしたせいだったかも知れない。けれどもっと根深い力が全身に及んでいたとも言える。

花影の向こうに人の顔のようなものが浮かんでいた。見知らぬ細い顔に、顎髭《あごひげ》を垂らしている。輪郭はぼやけていたが、鼻筋に蒼《あお》い光が溜《た》まっていた。その唇がゆっくりと動く。梅の匂いと一緒に低い声が優太の顔に降ってきた。

君はここで何をしているのかね？

優太は出ない声を絞って、何もしていないと答えた。押し倒されただけです。それに、少しお酒に酔っています。

老人のような、けれど警察官かもっと偉い人かも知れない男の気配が、優太を押さえつけて離さない。優太は地虫のように身をちぢめ、卑屈に手足を丸めた。自分は犯罪者ではない、何も悪事は働いていない、それだけは伝えねばならなかった。

酒に酔っているのか。

男は顔を近づけて優太の匂いを嗅いだ。

臭いな。けれどなぜ、こんな夜中にこの神聖な境内に入り込んだのかね。

それが判らないのです。父親が隠していたお酒を飲み、フラフラここまで来てしまった、それだけです。受験に失敗しました。どこにも行き場が無い。地獄でもいいから、どこかに辿り着きたい。父も母も世の中の人間全部、世界中が憎らしい。僕は世界に捨てられたんだ。それでもなぜ生きているのか。世界は僕を捨てたのに、殺してはくれない。僕に将来は無い。父のように酒飲みになって、妻に逃げられ、いつも埃《ほこり》まみれの服を着て、仕事をくれる人にぺこぺこしながら死んでいくだけ。そんな男になるなら、さっさと殺してくれ。殺してくれなければ僕が殺す。誰でもいいから殺す。そうすればきっと、誰かが僕を殺してくれるだろう。

男の顔がフフと膨張し、長い髭が風を含んで揺れる。

ならばいま、殺してあげようか。

男の手が伸びてきた。優太はとっさに両腕を振り回し、悲鳴を上げた。いやだ、死ぬのは嫌だ。

這《は》って逃げようとすると、足を摑まれた。足首に電流が走る。

死にたいんだろ? 殺してくれと言ったね?

優太は転がりながら、死にたくないと叫んだ。やっぱり死にたくないのだと、そのとき優太は気がついた。

男は手を離した。

私は昔、雷の王だったから、どうだ、ちょっと摑んだだけでも痺《しび》れるだろう?

荒い息で、ハイ、と答えた。片足の感覚が無くなっている。

あなたは誰ですか?

教えようか。私もその昔、京の都に居場所がなくなり、何十日もかけて海を渡ってここまで来た男だ。怒り狂い、君以上に世の中を呪いながらだ。罪を着せられ、身の潔白を証明することさえ許されずに、西の果てに流されたのだからな。

優太はどこかで聞いたような話だと思ったが、男に反論すればもっと酷《ひど》い目に遭わされそうだし、本当に殺されるかも知れないと身構え、小刻みに頷《うなず》くしかなかった。

私はこの最果ての地で死ぬしかなかった。京で私が愛した梅が、私の元に飛んできたというのは本当だが、この地から京めがけて飛んでいったものもある。私の怨念だ。私は自分に仏教を教えた偉大な師に宣言した。この怨《うら》みを晴らすために、私は怨霊となって京の人間を殺しますよと。我が師は驚き恐怖し、圧倒されて口をつぐんだ。それから何年もかけて私は、私を陥れた藤原時平や、時平の讒言《ざんげん》を入れて私を追放した醍醐天皇も殺した。その息子もだ。雷の王となって都に雷鳴をとどろかせ、清涼殿《せいりようでん》を焼き、都のあちこちに火の玉を降らせた。それは実に苦しく痛快だった。とことん苦しめば、怨念はおのずから力を為《な》すものだ。わかるかね？　とことん苦しみ憎み、呪い、悲しむ。それが力になる。

優太は男の話が、菅原道真《みちざね》の怨霊話であるのを思い出した。であれば、この髭の男は道真か。痺れた足首が、熱を帯びて痛み始めた。電流が流れ続けている気がした。

いいかな、中途半端は良くない。苦しみも孤独も怨みも、命のギリギリまで突き詰めるのだ。そうすれば、呪いは祈りになり、憎しみは優しさを生み、怨霊は神になれる。

そう言い残すと、男の姿が白梅の匂いの奥へと遠のき、闇の中へ形を溶かして、眼前には梅の白だけが残った。

優太はおそるおそる身体を起こし、あたりを見回した。誰もいない。花の匂いばかりがまるで男の体臭のようにあたりに立ちこめている。

優太は膝を抱えてうずくまり、男の言葉を反芻《はんすう》した。とことん苦しみ憎み、呪い、悲しむ。それが力になる。そう言ったが、「とことん」の意味がいまひとつ解らなかった。成功した偉人の自慢話に出て来る「座右の銘」のように、そらぞらしい気がしたが、自分はまだとことんまで辿り着いていないのは確からしい。父の酒も母の遁走《とんそう》も大学の不合格も、どれもまだとことんではなさそうだ。父親はとことんまで辿り着いたのだろうか。

用心しながら立ち上がると、胸のむかつきが収まっている。闇に目が慣れてきたせいか、自分が梅林の中に転がっていたのに気づいた。あの髭の男はどこに消えたのか。菅原道真のことを調べてみれば、何かが解るかも知れないと思った。あの男の謎を解くために、とことんを見つけるために、昨日と同じように明日も生きてみるしかない気がした。

　それから数週間して優太は、太宰府天満宮へやってきた。日曜だということもあり、昼間の参道には喫茶店や食堂やTシャツを売る店が並び、梅ケ枝餅《うめがえ》の店頭には焼きたての餅を買おうと人だかりが出来ている。

　あの夜のことを忘れてはいなかったが、忘れていたも同然だった。母親が大阪から戻ってきて、家の中の空気がそれまでとがらりと変わり、優太は母親に急き《せ》立てられる日々が続いたからだ。あんたなあ、これからどうするんねん。大学行くつもりあるんなら、まともに勉強せなあかんやないの。それともお父さんの手伝いする？　ぼやっとしとったら青春は飛んで行ってしまうで！

　戻ってきた母親は大阪弁でしゃべりまくる。父親も酒の瓶をことごとく取り上げられた。母親は「とことん」を見つけてきたらしい。

　天神様に合格祈願せんかったから、優太は落ちたんや。今からでも遅うない。来年のために行ってきなさい！

　境内も人の波だったが、優太は家族連れを搔き《か》分けるように梅林の方へ歩いた。

　このあたりだった、寝転がっていたときに菅原道真が現れたのは、と、芽吹きを見せる梅林を透かし見る。

毟《むし》った草を集めている老人がいた。庭師のようだ。立派な髭を垂らしている。顎も尖《とが》っていてあの男に似ている。

あの庭師に説教されたのか。まさかそんなはずはない。あの夜僕は菅原道真に逢ったのだ。母親にお前バカか、と言われても、確かに道真に逢ったのだ。

小町忌

日本には他の国には無い美がある。衰亡《すいぼう》の美とでも呼べそうな。

花なら散り際が良く、奢《おご》りの姿ではなく滅びゆく残影に惹《ひ》かれる。

衰え崩れて、やがて哀れにも無になる姿を美ととらえ、寄り添い感動する視線は、アメリカのフロンティア精神には理解してもらえなくとも、ヨーロッパの美意識を刺激することは出来る。ヨーロッパ自体が、衰亡しつつあるからだろう。

ガラス芸術のエミール・ガレも、日本人の画家高島北海《たかしまほっかい》に感化されて、枯れてゆく植物をガラス上に表現した。枯れることが美を生み出すなんて、十九世紀末のフランスではかなり新鮮だったに違いない。

けれどそんな美を受け入れる土壌はすでにあった。オペラでは沢山の人間が死ぬ。死ぬことで感動と美を作り出す。死の実相は本来見苦しいものだけれど、それを美に昇華する感性が、成熟した文化社会では出来上がっていた。そして舞台の上では、愛に生き愛に死すヒロインが人気を博してきた。

ただし、死すべき人は美人でなくてはならない。美人は無垢《むく》で悲運で薄命なのが好ましい。これは西欧だけでなく日本も同じである。

日本の美人といえば、まずは小野小町《おののこまち》。写真が無いので、どの程度美人かは判らないけれど、愛の和歌をいくつも詠み、老いて衰える容姿に敏感だったのは確か。

思ひつつ寝ればや人の見えつらむ
　夢と知りせば覚めざらましを

恋しい人のことを考えながら眠ったので夢の中にその人が現れたのだろうか。夢だと知っていれば覚めないでいたのに。

私の経験では、なかなかそう上手くは行かない。眠りにつくまでは祈るように好きな人の姿を思い描いていたとしても睡眠中の脳には本人の意志も希望も届かず、何やら理不尽な夢に襲われたりする。

夢と判っているなら覚めたくなかった、というのは少々理屈っぽいけれど解るし、覚めたあとで、ああもっと夢の中に居たかった、という願望なら納得できる。早春の温《ぬく》もった寝床から出たくない、甘い夢にもう一度戻って行きたい。

でもよほどでなければ戻れないのが夢、とりわけ戻りたい夢は戻れないことになっている。人生とはそんなものだ。

小町の和歌でもっとも有名なのは、百人一首でおなじみの、衰亡の哀しみに満ちた一首。

花の色は移りにけりないたづらに
　我が身世にふるながめせし間に

容色は老いて衰えてしまうというのに、我が身ときたら長雨のごとくながながと生き長らえている、ただいたずらに。

この歌のおかげで、その後の小町像が作られたのかも知れない。卒都婆《そとば》小町などの凋落《ちょうらく》した姿が哀れを誘い、この世のことはすべて無常、という諦念が伝説的な美人に纏《まと》わりついた。諸行無常の平家物語よりうんと昔に、美しい歌人がその身で顕《あらわ》した無常の無残。

とはいえ小野小町九相図《くそうず》となると、すこしやり過ぎだろう。九相図というのは、死体が腐乱し骨になっていく様子を九つの経過観察図に記録するという究極のグロ図。どれほどの美人でも死すれば身体はこうなる、という見本なので一見すれば悪趣味でもある。

それでもやはり、男性にモテた女性でなくてはならないのは、男性の欲情を冷やす目的があったからのようだ。

小町に恋した深草少将《ふかくさのしょうしょう》は百夜通えば意に添う、という小町の言葉を信じて、九十九夜通った末、雪に阻まれて凍死した。

小町の頑固さ強情さを伝えるお話なのだが、いくらなんでも九十九夜は不自然でしょう、とは考えず、深草少将も自分への意地で百夜までは通おうと決めて実行したのではないかしら。だとしたら、これは男の恋情の切なさを表しているのではなく、頑固な男女が引き起こした悲劇を伝えているのではないかしら？　と考えた女がいる。

当人もかなり頑固者である。上野聡美《うえのさとみ》だ。頑固者は頑固の気配に敏感なのだ。

聡美は私立病院の看護師だが、融通の効かないことで同僚からは煙たがられている。そのことを本人も良くしっていた。

たとえば当直の夜、病室を見回って問題がなければ、詰め所で顔を寄せて入院患者の噂話《うわさばなし》に花を咲かせる看護師たちだが、それに加わることは無かったし、禁止されているわけではないけれど、退院のお礼で貰《もら》ったお菓子にも手を出さない。そこそこ整った顔立ちなのに、愛嬌がないせいかこれまで恋愛とは無縁で、最近は自分の人生に男は要らないとさえ思うようになった。自分に向けられる男性の視線を、ひとまとめにして「不真面目な心」というレッテルを貼り、屑箱に投げ込んだ。小野小町とは容姿も才能も違いがあるけれど、性格は自分に似ていたのかも知れない、などと密かに思う。勿論《もちろん》小町ファンでもある。

それを知ってか知らずか、すでに二年も入院している七十代の男性患者が、ほら、これが小野小町だよ、とある図録の絵を見せてくれた、というより見せられたのが小野小町九相図だ。そんなものが在《あ》るのは知っていたけれど、初めて目にした。解剖図には馴れているけれど、死体が崩壊し犬に喰われ、やがて骨になる図は初めてで、ちょっと驚いた。

この男性は余命も告げられた癌《がん》患者だが、いつもニコニコと穏やかで、死を近くに感じている気配などまるでなく、看護師を驚かせるのが楽しみなイタズラ小僧のようにいつも目を輝かせている。なので、またまた悪戯《いたずら》かと、聡美は軽く相手した。

「うーん、リアルだけど……でもかなり芸術的なのかも知れない」

と良く判らない反応を返し、

「でも、小野小町って、もっと老婆になって死んだのでは？　この女性は髪も黒々してて、若い気がするけど」

と突っ込みを入れた。人間の身体が腐敗して崩れていくとき、体内のガスが膨張して膨らむことは何かで読んだし、そのとおりに描写されている、ということはこの絵が描かれたとき絵描きはしっかり観察したに違いない。ただいつの時代も、女性の髪は老いれば白髪になるはずだ。

じっと覗き込んでいると、大事なものを独り占めするように意地悪く図録を閉じ、

「没年は判らないけど、もうすぐ小町忌が来る。あちこちにお墓もあるらしいよ」

「幾つで死んだのかも判らないのに、小町忌があるの？　美人って得ね」

「うん、美人は得だけど、こういう怖い姿にもなる。上野さんもグロって好きなんじゃないの？」

ニヤニヤしている。

「……お食事しながら見る絵ではありませんけどね」

「そうかな、僕は平気よ」

「でもどうしてこんなものを見てるんですか？　ここは病院ですよ。あまり病院向きの絵ではないけれど」

これ以上言うと、男の生死に微妙にかかわってくるので止《や》める。

「小野小町が夢に現れるの。何度もね」

急に真面目な声になった彼の顔を、用心深く見る。観察の視線になる。

「……でもね、小町ちゃんが現れるとたちまち夢から覚めてしまう。アア勿体《もったい》ない、もっと一緒に居たかったのにって悔しい思いが残ってしまう」

「その夢って、この九相図みたいに醜い姿なの？」

そうであれば精神安定剤か睡眠導入剤を処方してもらったほうが良いかも知れない。

「いえいえ、若くて情熱的で、それにとてもやさしい。噂では小町ちゃん、男心をそそりながらも寄せ付けない、意地悪で頑固な女だったようだけど、僕の前では全身すべてが柔らかくてひっそりとして、それに細い。上野さんぐらいの細さだ。夢と知りせば覚めざらましを、って小町ちゃんが詠んだ和歌を知ってる？」

「聞いたことあります」

「夢だと判っていれば、覚めたくなかった」

「ええ、でも、夢を見るのは小野小町の方でしょ？」

「そうなのそうなの。でも小町ちゃんが見た夢の中の恋しい男は、実は僕なの。僕も同じ気持ちだから同じ夢の中で逢える」

聡美はあらためて看護師の意識を取り戻し、主治医に報告するべきかどうかを考えた。男の表情が、いよいよ真剣に引き締まり、目に青味が宿って、冗談にできなくなってきたからだ。

「……それでね、友達に頼んでこの図録を買ってきてもらったの。これ昼間見ていたら、きっと夢でもこんな酷《ひど》い姿で現れるに違いない、そうなれば夢から覚める切なさも苦しさも、ずっとラクになるかも知れないと思ってね」

これは七十歳の恋か。死期を悟って、男としての情念が溢《あふ》れてくる、ということがあるのかも知れない。厳粛《げんしゅく》な心地もやってきた。

それで上手く行きましたか？　と問いたい気持ちを抑えて、無理に微笑んだ。職業的な仮面であることを、きっと相手にはバレているだろう。

「でもね、昼間この九相図を見ていても、やっぱり夢の中ではキレイなの。骨になっても小町ちゃんはキレイなの。小町ちゃんを恋する男が九十九回通った気持ちがわかるの。きっとその男は、こんな図を見ても、やっぱり恋は消えないだろうね。浅ましいのは女ではなく、男の執念なり」

男の額に汗が浮いてきた。かなり疲れているはずだ。これ以上相手をしているのは良くない。

「だったら少し眠ってみてはどう？　キレイな小町さんが待っていてくれるかも知れない。羨《うらや》ましいな」

図録を取り上げようとすると、筋張った手でしっかりと握り、図録を顔の上に載せるようにした。顔の上に厚い図録が屋根のように被さった。九相図に口づけしているように見える。図録の隙間《すきま》から息に合わせて声が零《こぼ》れた。

「こうして眠ります」

「おやすみなさい」

「おやすみ小町ちゃん。気が強いけれど本当は優しい小町ちゃん、おやすみ」

その声が湿っていたせいで、聡美ははっとなった。小町ちゃん、の声が自分に向かって放たれた気がしたからだ。

仕事を終えてアパートに戻ったあとも、男の最後の呼びかけが耳について離れない。おやすみ小町ちゃん。おやすみ聡美ちゃん。そう聞こえてくる。頭を振って払い落とそうとしても、地虫の鳴き声のように絡みついてきた。

小野小町にではなく、自分に何かを訴えているのでは無いだろうか。

まさかそんなことはない。

いやそう言えば、あらためて思い起こしてみればだが、男は何かにつけて聡美を呼びつけ、呼びつけたことを謝り、謝らなくても大丈夫よ、と言うと嬉しそうな笑顔になった。あの笑顔には、かすかな匂いがあったような気がする。

この二年のあいだの記憶が脈絡なく蘇《よみがえ》り、彼にとっての小町ちゃんは自分かも知れないと次第に思えてきた。

聡美は久々に鏡に向かって、自分の顔を見た。きっちりと三十五年の年月を刻んでいる。

小野小町が何歳で亡くなったのかは判らないけれど、この年齢になった小町に、深草少将が九十九夜も通ってくれるはずはない。けれどまだ、老いの落魄《らくはく》も宿ってはいない。中途半端な年齢だ。それとも四十歳五十歳になっても、小野小町はイイ女だったのだろうか。一旦恋した男は、それが本当に恋ならば、年齢など関係なく、執心を持ってくれるのだろうか。そしてそれは、九相図のようにその身は変わり果てても、思いだけは残るのだろうか。

聡美はこの十年、仕事以外のことには関心を持たないできた。小野小町にしても、伝説の美人への漠然とした憧れ以上の想像は抱かず、男を虜《とりこ》にすれば自分も不自由な目に遭うのだから、まあ、仕事さえしていれば安全、という程度だった。

男が女に恋したパッションを想像するのも鬱陶《うっとう》しかったから、それに応えるかどうかの女の残酷さとエゴと切ない心情についても、無頓着だった。

けれど今、カルテのメモを一つ一つ確かめるように検証してみるのは、やはりあの患者のせいだった。おやすみ小町ちゃん、の声がそうさせた。

これまで自分は、看護師として身体のことばかりに関心を持ってきたが、心については見詰めようとしなかった。老人にも男としての執着はあるのだ。それは面倒なことだが、在るものは在る。

聡美は確かに頑固者だが、その分真面目に自分と向き合う女である。過去に出合って通り過ぎた男性たちの言動、つまりカルテの中のたった一行のメモが、不思議な色合いと匂いを持って立ち現れてくるのを感じた。その程度の一行メモなら幾つか存在した。

ただ、その人のことを思いながら眠れば、夢に現れてくれるだろう、現れてほしい、と思うほどの男性がいただろうかと自分に問えば、答えは、居なかった。眠るときはもう、ひたすら眠りたいだけで、夢に期待などしなかった。

看護師としても人間としても、何か欠けていたかも知れない。

聡美は鏡の前で反省した。

すると、疲れて戻りついた時より、顔が若返ってきた。頰のあたりにハリが出た気がする。気のせいだとしても、変化がちょっと面白くなって、看護学生時代に皆の憧れだったドクターや、通勤電車の中で挨拶を交わすだけのサラリーマンの顔を思い浮かべてみた。何かが変わるとも思えないけれど、変わるかも知れない。

それから十日後に、小町に恋した患者は亡くなった。遺体の清拭《せいしき》のとき、小野小町に逢えますように、と呟《つぶや》いたので同僚が怪訝《けげん》な顔をした。

いろいろ教えてくれて、ありがとうね。

帰　雁

　天才的な画家が描いた鳥が、夜になると絵から抜け出して空を飛び、朝になるとまた絵の中に収まる、という話は幾つかある。生きているように描かれた鳥は、確かに今にも飛び立ちそうに見える。

　その譬《たと》えは解るけれど、これが鳥ではなく虎や蛇だったなら、このような逸話は別の意味を持つことになる。つまり虎や蛇だと人間にとってかなり危険なので、描写が優れていればいるほどアブナイ絵ということになる。

　鳥ならどんな鳥でも安全なのだろうか。たとえば雁《がん》だったら。

　聞くところによると雁は、番人代わりに飼っておくことが可能だとか。夜中の怪しい気配に、ガアガアと大きな声で鳴くし、くちばしには歯のようなギザギザがあって嚙《か》みつかれると怪我をする。怒ったときは恐竜そっくりに見えるそうだから、番人に向いているのかもしれない。おまけに実は結構身体が大きい。羽を広げると百五十センチぐらいあるらしく、闇夜にいきなり翼を伸ばされたりすれば、魔物か亡霊が現れたように見えるだろうし、鳥とはいえ、迫力はなかなかのものだと思える。

もっとも今は保護鳥なので、番人代わりにするのは無理かも知れないけれど。

地面を歩く雁が絵に描かれることはまずない。長い首を突き出し、尾は切り落とされたように短い雁が、整然と列を作って空を飛ぶ姿ばかりが、風情たっぷりに描かれる。それも丸い月を背に、シルエットも美しく雁行《がんこう》型を組んで天空を行くのは、日本の美のシーンとしても特筆すべきものではないかしら。

雁は冬の鳥で、秋になると寒いシベリアやカナダから飛来し、春の訪れとともに北へと旅立つ。だからこそ一年中日本で見かける鳥より、哀愁の眼差《まなざ》しで見てもらえるのかも知れず、季節を表す鳥として尊重されるのだろう。日本の冬は彼らにとっては過ごしやすく、落ち穂を餌にすれば半年のあいだに疲れも癒やされるのである。

ただし、渡り鳥に恋した女がいたなら、鳥の旅立ちは辛い。世の中は待ち遠しい春がきて、淡々とした夢が地面から湧き立つような季節に、一人で別れに耐えなくてはならないのだから。

博多の歓楽街中洲界隈には、春まだ浅きころから、渡り鳥を見送る女たちの嘆きが溢《あふ》れる。支店文化が定着した福岡に赴任してきた男たちの一定数は、春になると都に戻っていく。代わりに後任者がやってくる。前任者から引き継ぎを受けるわけだが、それは仕事だけでなく、夜の遊び場所でも同じようだ。

接待に使う小料理屋や飲み屋もまた、前任者が使っていた店を引き継ぐのが、何かと便利である。その店で働く女たちはと言うと、数年で入れ替わる男たちを次々に、得意客として引き継ぐ、つまりバトンタッチが行われる、というわけ。

良いことかどうかは別にして、支店の街における習わしとでもいうか、まま在《あ》ることなのだ。

とりわけ新任者が単身赴任と判ると、こんなことも起きる。

福岡に赴任したものの、まだアパートの家財道具が調《ととの》っていない日曜の朝、前夜の歓迎会で飲み疲れ、布団の中で目を覚ましたものの、家族が居ない孤独をしみじみ抱き込んでいたとする。

そのとき、いきなりチャイムが鳴る。寝ぼけ眼《まなこ》で玄関に出て見ると、どこかで見たような女が両手に紙袋を持って立っていたとしたら、さあどうする。

「あら、起こしてしまった？　ごめんなさいね」

などと言いながら勝手知った部屋のようにとんとんと上がってきて台所へ直行する。そして紙袋の中からネギや納豆やお揚げを取り出すと、朝ご飯の仕度を始めるのだ。

寝ぼけ眼の男は、何が起きたのかを察するのに多少の時間が掛かる。そしてこの女性が誰だか、この期に及んでようやく思い出すのだ。ああ、数日前に上司に連れられて行ったクラブで、一番控えめにしていた年増の女だったなと。

あのとき確か、単身赴任だと話した。アパートはまだがらんとしていて犬でも飼いたい、などと話をした。

そのとき上司は、お前大丈夫か、みたいな子供を心配するような目でからかうように笑ったけれど、それがこのことか。同僚の誰かが耳元で、気をつけるんだぞ、などと冷やかし気味に言っていたが、酔っていたし、何のことか判らなかった。

なるほどこの成り行きを心配していたのか。

けれどもう、女は台所で忙しそうに働いている。気をつけるもなにも、今更どうすれば良いのか。もう手遅れだ。

男は甘い観念をする。ご飯のあたたかい匂いと、窓に付いた水滴が、まだ眠気を引きずる男に、やんわりとした春の気分を振りかける、と言うわけ。

「眠ってても良いわよ、昨日は遅かったんでしょ？　ご飯が出来上がったら起こしてあげるから」

眠気の誘惑というより、この気怠《けだる》い雰囲気に負けて春眠をむさぼっていると、ご飯できたわよ、起こしに来てあげたわよ、と囁《ささや》きながら、女の身体が布団に滑り込んで来たりする。

　単身赴任の男を捕まえる知恵は、女から女へと伝授され、男もウソのようなホントのことが、目の前で起きているのだとあっけに取られながらも、途方に暮れた顔で受け入れるしかなくなる。流れに乗る。

　赴任したばかりの、つまり群れから離れた渡り鳥はこうして捕獲され、その後の数年間はお店にとって「お得意様」になるというわけで、なかなか理に適《かな》った方法だ。

　上手く行く確率が高いと判っているので、女たちも同僚から伝授される。店のママからの秘伝かも知れない。

　もちろん、失敗することもある。

　とある大手のビール会社の、福岡支店に異動してきた奈良義男《ならよしお》は、ビールを造る仕事だというのにアルコールに弱く、だから中洲に連れていかれても席の端っこに白い顔の人形のようにかしこまって、座の雰囲気を壊さないようにニコニコと頷《うなず》き笑っているだけだった。店の女たちはお酒が苦手だという本人の主張を、組織の新入りとしての遠慮や、不慣れな場所での緊張のせいだと誤解した。そしてその誤解は、概ね好意的に受けとめられ、真面目で誠実な人柄、つまり女性に対してはウブというか、御しやすい性格だという印象を与えた。

この手の男性は、日曜の朝の朝食持参の直撃に弱い。中洲の女たちは攻略に自信をもった。数年の赴任のあいだに、どれぐらいのお金を店に落としてくれるかを、これまでの経験上算出し、ママからの目配せで、だったら私が行くわ、と名乗りを上げたのが光代《みつよ》である。ママも、宴席が盛り上がっている最中に、奈良がしきりに光代の胸元に目をやっていたのを覚えていたし、光代もそれとなく彼のアパートについて情報収集していた。奈良も光代に対して、夏には大濠《おおほり》公園の花火大会が窓から見えるそうだと、嬉しそうに話していた。

店で一番の稼ぎ手が、こういう突撃隊に相応《ふさわ》しいとは限らない。なにより光代自身が、それなりの好意を持つ客でなければつとまらないし、際だった美人より、化粧も地味目で家庭的な雰囲気の女の方が上手くいくのを、ママは学んでいた。

先ほど、突撃が失敗することもある、と書いた。光代の突撃は、確かに失敗だった。ママから教わったとおりに、「おふくろの朝ご飯」の用意をして、奈良のアパートのチャイムを鳴らした。

出てきた奈良は、予想通り眠っていたらしく、パジャマの胸を搔《か》きながらドアを開けると、怪訝《けげん》な顔で、はい、と小学生のように応えた。

光代はお店の名前を言い、

「ママから頼まれたの。朝ご飯を作って差し上げなさいって。迷惑だったらご飯作ってすぐに帰るから。ちょっとごめんなさいね」

言いながら台所に行く、そこまではシナリオ通りだったけれど、台所に付いてきた奈良は、

「そんなの、いいんです」

真面目な顔できっぱりと言う。寝ぼけ眼ではなく、目をしばたたきながら困り果てている。

「……そう……でも折角《せっかく》用意してきたから……迷惑なのは解ってるけど、三十分で帰ります」

誰か女性が泊まっている気配はなく、ぽつんと部屋の真ん中に布団が敷かれていた。

「奈良さん、お袋の味って、お味噌汁なの？　それとも納豆とか。博多には明太子もオキュートもあるし、がめ煮も作ったのよ、ほら」

「そうですか。それはどうも」

ちょっとだけ奈良の表情が和らいだ。流し台の横に置かれたコンビニの袋から、バナナとサンドイッチが見える。

「コンビニの朝ご飯より、美味しいわよ」

奈良はさっさと布団を片付けている。

「僕の朝ご飯は、東京にいたときから、コンビニのサンドイッチとおにぎりですから、別にそれで良いのですが。お袋の味って、何ですか？」

「あ、そうなんだ、奈良さんのお母さんは、サンドイッチ派なのね」

「母親に朝ご飯を作ってもらったことはないです」

「そう」

困った。シナリオにはそんなのは無かった。たとえ母親と朝ご飯が結びつかなくても、何となく雰囲気的に察するものだが、察した気配もない。

「……本当はね、私も母親に朝ご飯を作ってもらった記憶が無いの。天草《あまくさ》の漁村から高校卒業してこっちに出て来たの……母親は朝早くから魚市場の手伝いをしていたので、いつも自分でおにぎりを作って学校に持って行ってたのよ」

「……僕のところは、元々居なかったから、母親が」

これも予想外の成り行き。

「……元々と言っても」

「元々なんです。赤ん坊のときに施設に来て、そこですくすくと育った」

すくすく、のところで笑えた。

「……そうなの、ごめんなさい、お袋の味なんて言って」

「いや、お袋の味、というのを経験してみたい」

「じゃ、やりますか」

光代は張り切って、アジの干物やワカメの味噌汁など何品も作り、折りたたみのテーブルからパソコンを下ろし、百円ショップで買ってきた食器に料理を並べた。

「どうぞ」

「はい」

「では私、帰りますから」

二人分作ったけれど、何だか居づらくなった。

「あ、一人でこれ全部食べるの？」

「明日の朝も、どうぞ。電子レンジがあればもっと便利なんだけど」

「一緒に食べて行けば？」

「……いいの？」

お店に来たときはもう少し打ち解けていたのに、緊張して黙っている。全身が小さく見える。

光代は地元の中学を卒業して、名古屋の叔母のところに行った弟を思い出した。高校に通わせてもらうためだった。

母親の手料理といえば、市場から安く買ってきた残り物の魚を刺身にして、シソの葉を刻み込んだタレをかける。するとと日持ちがする。ご飯を炊いて、タレに馴染《なじ》んだ刺身を乗せて、掻き込んで食べた。家では、ぶっかけと呼んでいた。

両肘《ひじ》を張り、茶碗で顔を隠すようにしてぶっかけを食べるとき、弟の耳はなぜか赤く染まっていた。茶碗を置いたとき、トロンとした目で、お腹いっぱい、と嬉しそうに言った。名古屋に発つとき、名古屋にはぶっかけは無いね、とちょっと寂しげな顔になった。

光代は箸《はし》を動かしながら、始終俯《うつむ》いたままアジを食べている奈良を盗み見た。それから言った。

「……ごめんね。押しかけたのは、ママの言いつけだったの。これ、お店の営業。このアパート、会社の借り上げでしょ？　確か前の係長さんも、その前もここに住んでらした。私、朝ご飯持って、押しかけたことがある」

奈良は目を上げて、光代を正面から見た。

「でも、どうして？」

この人、本当に何も解っていないというか、想像力にも欠けているのだと呆れた。破れかぶれの気持ちで説明した。

「別に下心は無いの。いえ在るわ。お店を接待に使ってくれてた人が東京に戻ってしまって、新しく赴任してきた人が寄りついてくれないと、商売上困るわけ……だから」

そこまで言っても、まだ腑《ふ》に落ちない様子に、光代は苛立《いらだ》つ。

「だからね、お布団を敷いたままで良かったのよ。奈良さん、独身でしょ？　困る人いないでしょ？」

「……僕が困る」

「そうね……申し訳なかったわ。いま、ちょっと惨《みじ》め。自信無くしちゃったよ、女として」

奈良の額が汗で光る。どうすれば良いのか迷っている。ここでもう一押しすれば、目的を達成できるかも知れない、と思ったが、光代はただ俯いていた。奈良の困惑の眼差《まなざ》しが、またもや弟を思い出させたからだ。

「ね、これから映画に行かない？　福岡の映画館、知らないでしょ？」

二人はキャナルシティに行き、最近話題のアニメを見た。そしてまだ、福岡に来て海を見ていないと言うので、湯だまりのような陽《ひ》を浴びながら、歩いてベイサイドプレイス博多まで行き、お茶を飲みながら海鳥が鳴き交う波止場を眺めた。

光代は呟《つぶや》いた。

「奈良さんは不器用で、損得勘定が出来ないから、出世しないと思う」

「出世か、しそうにないなあ、したいけど」

「出世しなければ、東京や大阪には帰らないよね」

願いを込め、遠くを見ながら言う。

この先、奈良とどんな関係になるのか、ならないのか。

これまで考えたこともなかったが、もし遠くへ飛んで行ってしまう人なら、これ以上近づきたくない。ママや店の女の子はきっと解らないだろうが、その時は弟を見送ったときのように辛くなるだろう。懐かしいような苦しいような妙な気持ちに、光代は戸惑った。

夏

竹落葉

竹は古来より日本人の生活に役立ってきた。日用雑器や建築資材だけでなく、竹の子は食用として好まれてきたし、竹取物語のかぐや姫は竹から生まれてきたのだ。他の樹木でなく竹なのは、それなりの理由があってのことだろう。竹は節と節のあいだに空間がある。あの空間は神秘的で哲学的な魅力を持っていたようだ。天上から下りたった小さな姫が、しばし宿るには恰好《かっこう》の場所だったのかも知れない。

日本だけでなく、かのエジソンを思い出して欲しい。白熱電球の通電実験では、フィラメントに竹の繊維を利用した。竹の繊維が電気を通すと光るなんて、もしかしたらかぐや姫の話をエジソンが知って居た、なんてことは無いでしょうが。

けれど確かに、かぐや姫の絵本では、竹の中が光って描かれていましたよね。竹林は暗く空の陽光も届かないので、竹の一節から光が出ていれば、それはもう翁《おきな》も嫗《おうな》も引き寄せられる。エジソンはこの絵本を見たのでしょうか。

竹は発光する。光との相性が良いのは確かで、それはまた、闇が似合うとも言えるのである。

それになにより成長の早さは奇蹟《きせき》的。

若竹のころは、一日に一メートル以上も伸びるそうで、この部分だけを見ると、植物というより動物的なしなやかさを感じさせる。柔らかなその全身を一呼吸ごとに波打たせ膨らませる昆虫の脱皮や孵化《ふか》に似ているし、鞭毛《べんもう》を持つ原生生物を想像させたりもする。目を据《す》えていれば、一秒ごとに伸びて行きそうな早さだが、じわりじわりと動くので人目では捉えにくい。一瞬目を逸《そ》らしている隙《すき》に、つつつと動き、視線を戻せば静止している、あの妖しさ逞《たくま》しさ。

やがては固い皮に身を包まれるのだが、それまでは幼子の爪一つで傷を負う柔らかさで、そんなわずかな傷でも、永遠に刻まれて消えることはない。これも何やら、人の心に似ている。

生え出たばかりの若い竹は、長年の雌伏を経て地中からその全身を現した未知の生命のようにあたりを威圧し、土の匂いをまき散らす。それでいて竹として完成したのちは、腐敗にも強く、表皮の美しさを保つことでも他を圧倒している。

フィリピンのある島では、紙が使われる以前、竹の表面に最初の文字が刻まれたそうだ。それがまた、恋心を伝える詩だったのだから、文字を刻まれたときの竹は、いよいよ匂やかに香ったに違いない。言葉が記されるごとに竹のエキスが染み出て、それは人の情として濃く鼻孔に届いた……。竹のエキスと人の情はこうして混ざり合った。

日本人の精神としても、竹を割ったような真っ直ぐな性格は尊敬される。雨や風にも良く耐えるし、何があろうと自らを曲げず、難事が去ればまたすっくと空に向かう芯の強さは、人として鏡のようでもある。

神秘的なのは、花を付けるときが死を意味するという、これもどちらかというと動物の生死を思わせるところがある。動物の多くは、生殖が終われば生の目的達成で、個体としては寿命を閉じるのだが、植物では珍しい。竹は百年に一度かそれ以上の年月を生きて、最後に花を付けて枯れる。花はいのちの盛りではなく終焉《しゅうえん》なのだ。

竹の花は、稲穂をか細く地味にしたようなカタチで、節からそっと伸びているけれど、花の美しさも華やかさもなく、藁《わら》をくっつけたようだ。最初から実を付けるのを諦めているらしく、うまく実を採取して土に植えても芽を出すのは困難だとか。つまり花は、死に装束のようなものか。

「竹の秋」というのも季節としては実は春。若い竹が伸びに伸びて、青い枝を広げる時期に、老いた竹はサラサラと葉を落とす。生命のバトンタッチが行われる春は、竹にとっての秋なので、この点も他の植物とはちょっと違う。木の葉舞い散る竹の秋、とは、大地から生命が萌え出《いづ》る時、つまり季語としては春なのだ。

山野を注意深く観察すると、樹木が若緑に萌える山肌に茶色がかった一帯があれば、それは竹林。かように竹は、天邪鬼《あまのじゃく》な植物である。

竹への蘊蓄《うんちく》はまだまだ在《あ》るけれど、この程度にして……。天邪鬼といえば、まさにかぐや姫がそうで、あれこれと男たちに無理難題を突きつけ、最後にはどの男も袖《そで》にして天に帰っていったこの女は、美しいかも知れないが女性の魔性を代表してもいる。美しい女、魅力的な女には、魔性が宿っているとの本質を、日本最古の物語が伝えているのだが、天邪鬼は女だけの属性ではなく、もちろん男にも居る。女より沢山いる。かぐや姫と対照的な、老いた一人の男がここに登場する。

かぐや姫は美しいが、この男は背中が曲がり頰も耳も垂れて全身に老人斑《はん》が浮き出て見苦しい。かぐや姫に似ているのは、天邪鬼という一点だけで、かぐや姫は老いた父母に大事にされたけれど、老人は家族にも見放されるほどの剣呑《けんのん》な性格である。誰一人彼の味方にはならないし、また彼もこの世に味方が必要だとも思わない男だった。

彼は山の斜面を覆う竹林の所有者で、竹林のふもとに母親の代から所有している、今にも崩れそうな古家に一人で住んでいる。妻は娘を育てたあと病で亡くなり、娘は都会に出ていった。

娘婿《むすめむこ》は責任感から、義理の父親に同居を申し出たけれど、肝心の娘ははなから同居には反対で、もちろん父親本人も憮然《ぶぜん》として拒否した。

そのときの拒否理由が、この頑固な男の性格を良く顕《あらわ》している。

人間は一人で生まれ、一人で死んでいく。ニセの愛情を見抜けぬ私とでも思っているのか。

娘婿はこのひと言で、義父を見限った。娘は、だから言ったでしょ、と恬淡《てんたん》としていたが、母が生きていたころは、あれほどでは無かったのよと、俯《うつむ》きがちに一言こぼした。

近所の人が一人暮らしを案じて、食事の心配をすると、わしを哀れんでいるのだろうが、孤独ほど居心地の良い生活は無い、下らぬ人間の同情など蜂蜜に酢を加えるようなものだと、突っぱねた。

幼い子供が親に言われて煮物を運んできたときなど、男は紙に、「施《ほどこ》し無用」と書いて、煮物と一緒に持ち帰らせたりもした。

この男は学問があり中国の故事などに詳しいと思われていたので、忌み嫌われてはいたけれどそれが単純な侮蔑には繫《つな》がらず、遠巻きにされて一定の関心を持たれていたのだ。

生来の天邪鬼が、老いにつれてあられもなく表に出てきたと考えれば、脳の劣化つまり認知症と見做《みな》すことも出来たのだが。

この男がいかに剣吞であろうと、世間に良く居る困った老人の一人には違いなかった。ただ、この男が竹林で生を受けたとなると、何かしら男の性格が竹林の影響を受けたと考えることも出来る。この山村で囁《ささや》かれてきた醜聞《しゅうぶん》で、今から八十六年前、井田一郎《いだいちろう》は、五月の小糠雨《こぬかあめ》が降る夕方、竹林の窪地《くぼち》で産声を上げたのだった。竹の葉が張り付いた臍《へそ》の緒を切ったのは、苦しげな叫び声を聞き、駆けつけた産婆《さんば》だった。

母親は産後の肥立《ひだ》ちが悪いうえ肺炎を起こし間もなく死んだので、父親の名前は判らぬままだったが、その後山村の唯一の寺に引き取られて育てられることになり、寺の住職が実は父親なのだと、口さがない噂《うわさ》になったりもした。けれど結局誰も本当のことは判らないままだ。成人したのち、母親が住んでいた家に戻され、そこで結婚して娘をもうけた。

この人生ドラマのどこに、彼の性格をひねくれさせる要素があったのかと言えば、すべてが原因だったと言える。不幸な星のもとに生まれた人間は、不幸の星に導かれて生きるしかない。彼は黙々とそうした。

けれど面白いことが起きた。父親が判らないまま竹林で産声を上げたという、誰の目にも不祥事にしか見えない出来事が、彼自身にとってはある種のアイデンティティーとして意識されるようになったのだ。つまり、自分は他の人間とは違い、竹の精神を持つ、崇高で清潔な、神に選ばれた男だという屈折した自己認識が育っていったのである。

ここには日本古来の竹への信奉がはたらき、さきに述べたとおり、他の植物には無い優れたイメージが影響したのは間違いない。

井田一郎は、自分が死ぬときは、産まれたのと同じ竹林だと思い込んでいた。あの場所であれば、気持ちも身体もラクにあの世に連れていってもらえる。

以来一郎は、死の時を待ちわびるようになった。ときに竹林に入って寝転がってみると、顔の上で竹の葉がざわざわと囁くのだ。

許してやれ、人間は良きことを為《な》していると思わなければ生きていけない馬鹿な生きものなのだから。

彼は、やれやれ、と生暖かい息で呟《つぶや》いて家に戻った。竹林に入るときは胸が重苦しかったのに、出るときは清浄な自分に生まれ変わっている。死もまた、おなじことに違いない。

死を恐れない老人が不気味なのは、医者もまた同じで、もはや手遅れの病が発見されたとき、静かにニコリと口元をほころばせて治療を断り、娘への連絡も不要だと言い、まるで安堵を得たように診察室を出ていく老人の後ろ姿に、医者は途方にくれた。自分の方が何倍も動揺して顔を強ばらせているのが判ったからだ。彼はこの患者のことを忘れようとしたが、何日経ってもあの不遜《ふそん》で清々とした微笑が思い出された。

医者は常に、このように突然の不幸な病状を知らされたときの患者の受け止め方を、シミュレーションしている。最初呆然とするのは同じでも、そのあとの態度は、患者の性格や家族関係によって千差万別と言ってよかった。最小限の衝撃で済むように、医者は告知の訓練もしていた。

そのいずれも無意味だと思わせる患者の態度に、医者は反発どころか嫌悪と憎しみさえ覚えたのだ。そして痛み止めのクスリだけでも、処方できてほっとしたのである。

一郎にとって、ついにその時が来た。

食事はもう、水さえも口を通らず、一時はのたうち回るほどの全身の痛みも、もはや神経が冒されたのか熱感だけしか覚えなくなってきた。ミシミシと鳴るように湧いてきた身体の中心からの波動も弱まっている。心臓も脈もまだ動いてはいるが、重心の在りかを見失った振り子のようにまばらに時を刻んでいて、いつそれが最後の一打ちになっても仕方ない、と思わせるほど頼りなかった。

　そして待ちわびた竹林からの迎えが来たのだ。春雨の中から全身びしょ濡れになった女が、玄関に立っていた。

　来ましたよ、お迎えに。

　一郎は柱に捉《つか》まり、よろよろと立ち上がった。そして、ありがとうございます、と声にはならなかったが、丁寧に口を動かした。

　私を杖《つえ》にして行きましょう。

　女は長い手を差し出した。濡れた薄い髪を首まで垂らしているが、頬も額も真っ白で美しい。首は細いが胸のあたりが柔らかそうに膨らんでいて、腹部もまた若い女にしてはたっぷりしている。

　全身は着物とも洋服とも判らない薄色の長い布を纏《まと》っていて、裸足である。一郎は幸せな心地になった。この世では会いたくても会えなかった女が、いま自分を迎えにきているのだ。

　女に手を引かれると、思いの外身体が軽くなり、足が動いてくれる。足が止まると、女は抱きかかえてくれた。柔らかな肌から、淡い匂いが伝わってくる。

雨は止《や》み、濃い湿気だけが暖かく立ちこめていた。

竹林へはさほどの距離はなかった。竹の子を掘りに何十年も通ったけもの道の坂を、リンネ草やヒメシャガを踏みながら歩く。椿の葉はもう雨に打たれて濃い灰色に変わり、枝に残った花も茶色く枯れているけれど、女に言われて目を上げると、その先にサラサラと流れている大気があった。

流れているのは竹林の風に巻かれる竹の葉である。横風は吹いていないのに、無数の葉が音たてて渦となり流れていく。

見事だね。

一郎は足を止めて溜息《ためいき》をついた。すると女の微笑が感じられた。

あなたが産声を上げたとき、あの葉が何千も集まって、あなたの小さな身体を小雨から守ってくれたのよ。

そういえば、一郎にも記憶があった、舞い散る竹の葉が自分めがけて次々に降りてきて、身体にくっつく間際に、聞き取れない声で何か優しい声で囁いたのを。あれはみんな、死者たちだったのだろう。生まれ出た新しい命に触れてみたかったに違いない。

さあ、ここよ。

女が立ち止まった場所は、風が吹き込まない小さな窪地だった。周りには太い竹が立ちあがり、見上げれば空は遠くて暗かった。窪地は竹の根で丸く囲い込まれていて、そこにも竹の葉が吹き溜まっている。

女は一郎を抱きかかえる恰好で、窪地に座り込んだ。女の広げた両足の間に彼はすっぽりと入り込む。女の体温が背中や腰、そして両足にじんわりと伝わってくる。

かれはそうやって、八十六年の人生を反芻《はんすう》した。いまやっと自分を抱えてくれている女を、信じ切ることが出来た。そして、これまでの自分を、ほんの少し呪った。早くこうなれば良かったのに、ここに来るまで長い時間がかかり、沢山の人間に迷惑をかけてしまった。

いいのよ、このままで。このままもう、動くのを止めましょう。静かに、竹の葉の音を聞いていましょう。人生は、終わり良ければすべて良しです。

女は耳のすぐ後ろで、撫《な》でるような声で言い、一郎の全身をゆるゆると締め付けてきた。それは一郎にとって、くすぐったくてあまりに心地良いのだった。

数日後、娘夫婦によって、一郎は発見された。こんなに身体が小さくなっていたのかと、娘は衝撃を受けて涙したが、その瘦《や》せて縮まった身体が丸まったまま、窪地にすっぽりと入り込んでいたのも、不思議なことだと思った。

紫陽花

そぼ降る雨に濡れても、けなげに首を持ち上げて青や紫の手鞠《てまり》のような花を咲かせている紫陽花は、日本の梅雨には無くてはならない風情。和服姿の女性や、差し掛ける傘もこの花に似合っていて、長雨の辛さをしばし慰めてくれるのだが、花の色の移ろいを人の心に照らして、変化の妙とも移り気の哀しさとも受け止められる運命でもある。

もちろん花色の変化は、土壌の酸性アルカリ性の度合いによって決まることがすでに判っているので、心変わりや移り気だと責めることはできない。

むしろ花愛好家にとって困るのは、紫陽花は落花が無いのである。同じ時期に花をつけるツツジは、陽性であっけらかんとして、けれど少々浅ましく、開花のあとは花殻《がら》を雨に打たせてあたりを汚すけれど、紫陽花にはそれが無い。紫陽花はただ、水を途絶えさせて萎《しぼ》むばかり、さもなければ枯れ花として、色の薄い花殻を保ってじっと耐える。

ドライフラワーが好きな人は、この性格を利用して、紫陽花を一年中使ったりする。元々が繁茂の力が強いせいか、品種改良も進んで、洋風な華やぎも身につけた。洋花の種類の呼び名はアナベルなどいろいろあるけれど、水を呼び寄せ雨を忍ぶ、ぼってりと必死な日本的紫陽花ほど季節を感じさせるものは無いだろう。枯れても枯れ落ちず、土と水さえあれば約束したように次の年にも花をつける。

そのしぶとさ我慢強さを、ひそかに手本として精進している和菓子の女職人がいる。名前は吉屋《よしや》聡美《さとみ》という。一度結婚したが半年で離婚、三十六歳の今、和菓子で身を立てようと修業中である。

とりあえずその容姿を紹介しておくと、背はさほど高くないけれど手足が長く、とりわけ手指は少し節くれ立ってはいるものの繊細な和菓子を作る器用さを感じさせるし、聡美が勤める和菓子屋「松野」の店長であり、地元の奥さんたちを集めて月一度和菓子教室を開いている松野《まつの》芳信《よしのぶ》も、聡美に一目置いている人間だ。羽二重餅を想像させる聡美の清潔で白い肌がそうさせているのではない。聡美の勉強熱心な態度に、先代から店の暖簾《のれん》を受け継いだばかりの芳信は、彼女への信頼だけでなく依存さえ覚えていた。

「松野」はバス停のある大通りから一本入った坂道に面している。百二十年昔からこの場所で和菓子の老舗として商売を続けてきた。創業百年を機に古い家を壊して、一階を店舗と菓子作りの仕事場に、二階を事務所、三階を松野一家の住居にしたけれど、その当時は健在だった先代の夫婦が亡くなり、今は三十代半ばの芳信が一人で住んでいる。

近くのアパートに住む聡美が朝早く店に出勤してくると、大抵芳信の方が先に下りてきていて、店舗を内側から開けてくれた。

聡美がこの店に来たのは五年前なので、先代のことは知らない。写真で見る限り、優しそうで威厳のある顔立ち、職人としては最高の名誉である勲章を白い仕事着の胸に付けている。日本の和の美を菓子で表現した、というのが受勲の理由らしいが、息子の芳信は東京でロックバンドを組んで最盛期は毎晩六本木のクラブで演奏していた。和の美などまるで関心がなかった。

親の店を継いだのは、バンドが上手く行かなくなったのが本当の理由だが、それでもやり始めてみると和菓子の仕事が面白くなり、とりわけ先代が亡くなってからはこの仕事に目覚めた。

先代から働いている職人など数人は、先代の言いつけを守り、真面目に伝統ある和菓子――「丸月」という上品な饅頭や「鮎川」という夏向きの寒天ゼリー菓子など――を安定して作り続けているが、その安定性が芳信には保守的で物足りなく、かといって年上の職人に新奇な感覚を求めても無駄だと解っているので、おのずと期待は聡美に向けられた。先代の影響が無いのと、何より芳信より若いので心やすかった。

聡美は芳信の期待に応えようと努力を続けている。ベテランの職人にも可愛がられていて、店が閉まったあとも居残って、新しい季節和菓子への挑戦もさせて貰っている。最初はこの店で売り子しか出来なかったが、今は居場所も定まってきた。

店は六時に暖簾《のれん》を下ろし、それから試し作りを始めるのだが、いま聡美は紫陽花を和菓子で再現したいと頑張っている。紫陽花はしかし、あちこちですでに季節の代表的な和菓子として作られていて、それらの多くは、白餡《あん》を土台にして、その上に寒天でうす青色や赤紫の花弁を散らせている。花弁にグラデーションを付けたり、芥子粒《けし》を小花の花心に使っているものもある。この時期に青い小花を散らした丸い菓子を作れば、おおよそ紫陽花にしか見えない、という作りやすさもあるのだろうが、それだけに新しい紫陽花は難しいし、やりがいがあった。

「頑張ってるなあ」

手を止めて振り返ると芳信がTシャツとチノパンに着替えて、仕事場の入り口に立っている。少し前から気配を感じていたのだが、聡美は振り返らず自分の手元に集中していた。今はまだ、芳信に見て欲しくないのだ。

「あ、店長、来ないで下さい。まだ紫陽花ではなく手鞠みたいですから」

けれど芳信はステンレスの台や積み上げた紙箱をすり抜けながら近づいてきた。

「どれ、手鞠みたいかな？　ああ、手鞠だなあ。これからどうするの？　この前のは、ひと目で紫陽花に見えたけどね」

「これからなんです。紫陽花の小花を上に載せるのではなくて、内側に沈ませます」

「沈ませる？」

「はい、練り切りの丸い台に濃い色の花弁を散らしておいて、上からうす色の寒天を流してみようかと」

「水に沈んだ紫陽花の花か」

芳信の目が光る。好奇心を隠さない迫力のある視線が、聡美の胸に真っ直ぐ刺さった。手鞠状態の菓子ではなく、本当に聡美の胸を見ている。聡美は俯《うつむ》いた。胸のあたりがくすぐったかった。

「……花びらを載せると華やかにはなりますが、壊れやすいです。舌にも触りますし。花びらを寒天で包んでしまうと、持ち歩きがラクになるし、食べやすいと思います。

それに尖《とが》った花びらが乗っているより、透けて見える方が上品です」

芳信は聡美の目を見続けていたが、はっと目を離して言う。

「それが上手く行けば、同じ方法で、紫陽花だけでなく朝顔や紅葉も入れることが出来るね」

聡美もそれを考えていた。

「お客さまが、ああ、その季節が来たな、と思っていただけると、その都度買っていただける。味は甘みを抑えて上品にしたいです」

一種の絵画になれば、と聡美は気負いを鎮めて言う。

芳信はステンレスの台に両手を着き、まだ手鞠状態の餡と聡美の顔を見較べ、覗き込むように笑いかけた。聡美もその笑顔に恥じらいの笑顔で応じた。何か特別の感情が視線の中を流れてきた。芳信の日焼けした額と両頰を美しいと感じる。台に着いた両手の甲に浮き出た血管が、芳信の男らしさを印象づける。くすぐったかった胸のあたりが、ドクドクと鳴り始めた。

「……大人が目と舌で味わう、となると、確かに甘すぎない方が良いね。練り切りの白インゲンと求肥《ぎゅうひ》の割合も工夫が要る」

「そうなんです、大人向きに作りたいです。季節に敏感な大人の和菓子を」

「こんな時間まで……お腹が空《す》いたでしょう」

「はい」

「もう帰った方がいい」

「はい」

食事に誘って貰えるかも知れないと、わずかな期待があっただけに、声が小さくなる。芳信が出て行き、聡美も片付けをして外に出ると、風がもう、水の匂いを含んでいた。店の前の左右の花壇にはミヤコザサとサツキが植えられているが、どちらも風情に乏しく、もっとこまめに植え替えをした方が良いと、自覚しない落胆の中で聡美は溜息《ためいき》をつく。

アパートに戻って冷蔵庫の残り物で夕食を済ませ、テレビをつけてすぐに消した。何かが自分の中で蠢《うごめ》いている。認めたくないけれど、認めないではいられなかった。芳信の目と手の甲に浮き出た血管、そして声。

いまの芳信は和菓子屋の店長らしく落ち着いて見えるけれど、かつてはロックバンドのリーダーとしてギターをかき鳴らし、足で床を叩き、首の筋肉を力のかぎり伸ばして声を張り上げていた。脚に貼り付くほど細いパンツでリズムに合わせて飛び上がったり膝をついたりした。聡美が来てすぐのころ、ユーチューブで見たことがある。

店の職人さんに言われて見た。その職人は新しい主人に馴染《なじ》まず批判的で、聡美にも同じ気持ちになって欲しくて、アレを見たら先代も生き返って説教するんじゃないかしらと言ったけれど、聡美はそのとき、カッコイイと思ったのだ。店に現れた仕事着の芳信は別人に思えたし、ギターを持っていた頃の方が好もしかった。

そしてしばらくするともう、完全に和菓子屋の店主になりきり、その分、先代からの職人にも馴染まれ受け入れられていった。

ところがいま、聡美の胸の中で動き回っているのは、ロックで叫んでいる芳信なのだ。ユーチューブで見たままの男ではなく、夜の仕事場で聡美を見詰めた彼が、これまで隠していた本能を剝《む》き出しにして叫び、足をならし、ときにアタマを振るわせ、情熱的な眼差《まなざ》しで聡美に笑いかけるのだ。そうされると聡美も、同じ熱さで顔を突き出し、息がかかる近さで声を出しあい、お互いの胸を見ては顎《あご》を動かす。見知らぬ音楽が鳴っているけれど、それがあまりに心地良く、昔から聞き慣れた歌のような気がしてくる。胸一杯に吸い込んだ空気の香《かぐわ》しさ妖しさ。

はっとなり、水に沈む花びらのように息を止める。どうしてしまったのだろう。まだ心臓の音は鳴り続けているけれど、この幻想が間違いであるのは確かだ。

水の中から見上げると、水の上に広がっている梅雨空が見える。気づけば自分は紫陽花の小花になっている。そして紫陽花の小花は、どうにも身動き取れないけれど、芳信を見上げ、早く食べて欲しいと願っているのだ。

自分をごまかすことができなくなっていた。芳信を好きになってしまったのだ。ステンレスの仕事台を回り込んで、抱きしめに来て欲しい。芳信の匂いは、砂糖や寒天パウダーや白インゲンを蹴散らして、アタマから足先まで包み込んでくる。自分はきっと、芳信の息に酔いしれて崩れ落ちてしまうだろう。

芳信はステンレス台の向こうから近づいては来なかったが、本当はそうしたかったのではないだろうか。

くらくらしながら、甘い熱をめぐらせている。

いや、なんという自惚《うぬぼ》れか。今夜の自分の高揚は、あと少しで完成する紫陽花の菓子のせいだ。水に包まれた花びらに吸い寄せられて生まれた幻は、身体にも心にも魔法をかけてしまった。ただそれだけ。

判っていながら、判っているからこそ、切なさが攻め上がってきた。

もし紫陽花の菓子が完成すれば、この熱は冷めてくれるのだろうか、それとももっと激しく、店の先輩職人たちにも気づかれるほど燃えたぎってしまうのだろうか。

たとえどちらにしても、完成させなくてはならない。甘さを抑え、白餡の練り切りを舌触り良く上品に仕上げる。透明感のある涼やかな水の下に、沈んでいながら今にも動きだしそうな紫陽花の小花、その淡い色。人はその水面に楊枝《ようじ》を押しつけ、寒天で出来た水を切り開き、底から薄青い小花を掬《すく》い出す。

そのときの喜びは視覚だけでなく味覚でも確認されなくてはならない。だからあと一歩。芳信の胸まであと一歩なのだ。完成すれば、何かが変わる。芳信の目の前で、いつも礼儀正しく挨拶する一人の菓子職人の聡美が、別の存在になるかも知れない。女になれるかも知れない。

思いは過熱し沸騰《ふっとう》し、その熱に聡美は疲れ果てた。これは恋だ、ひさしぶりに現れた恋だ。いや、これまでの人生で恋だと感じた感情を、遥《はる》かに超えた本物の恋だと、木霊《こだま》のように繰り返しながら眠りに入った。

紫陽花菓子が完成したのはそれから五日目だった。十個の試作品を、芳信と先輩職人が眺め、味わい、そして合格点を付けてくれた。芳信の目は潤んで悲しんで見えた。感動したときの彼の表情だった。口をぎゅっと強く結び、流れ出して来そうな声を押しとどめているのだ。

「良く頑張ったね。みんなも応援、ご苦労さま。早速来週から店に出してみよう。名前をつけた方がいいね。誰が見ても紫陽花だと判るが、バリエーションを付ければどの季節でも通用するから、水底の花、でどうだろう」

聡美にまず訊《たず》ねる。水底の花。結構ですと答えた。四季の花を埋め込むことができますね、と先輩職人が賛同する。そして皆が聡美の肩を叩いた。聡美は嬉しくて項垂《うなだ》れる。こっそり芳信の顔を見上げた。かすかに頷《うなず》いている。

引き結ばれた口がようやく動いた。

「……ちょっと事務所に来て欲しい」

芳信は先に階段を上っていく。職人たちに追い立てられて聡美も階段を上る。

二階の事務所には机やパソコンやソファがある。先代の写真も壁に掛けられている。芳信に勧められて、聡美は腰を落とした。

ゆっくり目を上げると、夢にまで見た芳信のとろりとした目と明るく上気した頰があった。

「……聡美くん、ありがとう。君の根気強さとセンスは抜群だ。日本の美しさや季節感を、君ほど表現できる職人は、この店にはいない。素晴らしい。それでね、実はまだ店の人間には話していないんだが、この秋に結婚を考えているんだ。学生時代からの付き合いで、彼女の実家は京都の大きな呉服問屋さんでね。季節感にはとりわけ煩《うるさ》いんだ。それで、秋の婚礼には、君の創案した水底の花を引き出物として使いたいと思っている。京都の人を唸《うな》らせる和菓子が完成するのを、私は胸を躍《おど》らせて待っていたんだ。本当に良くやってくれた。ありがとう」

聡美はわずかに歪《ゆが》んだ笑みのままこくりと頷き、じわじわと涙を浮かべた。

滝壺

滝は日本人の心を浄化する。だから激しく落ちる水に身をさらして修行する人間もいるし、その飛沫《しぶき》を浴びていっときの涼を楽しんだりもする。

上流から滝までは悠々と深いみどりをたたえていた川も、いざ滝にさしかかり落下するときは白く粉々に砕かれて、水の本性はこのように危なく怪しく、変化の底力を秘めているのだと教えてくれるわけで、水の姿としてはもっとも激しく、意外性を見せてくれるのが滝ということになる。まるで穏やかに流れ来て、いきなり魔性を発揮する、それがまた、人を驚かせたり感動させたりする、百変化の極みのような滝の姿。

そして滝水の落下の力により、地面に深く穴があく。渦巻く水の底を誰も覗き見ることが出来ないこの滝壺もまた、魔性の坩堝《るつぼ》と言えるだろう。

もしも滝の水が涸《か》れて、滝壺の窪《くぼ》みがすべて露出したなら、そこに何が在《あ》るのだろう。永遠に人目に触れることがないはずの、なにやら恐ろしいものが横たわっているかもしれない。

折りがあれば、滝壺にいっとき目を凝らしてみてはどうだろう。次々に落ちてくる水は水の上に重なり溢《あふ》れ、白い泡を作り盛り上がるけれど、一瞬とて同じ場面は無い。人の生死のように究極の一期一会、物理学者ならこれをカオスと呼ぶに違いない。

身体的には目眩《めまい》のような幻惑をもたらす。しっかり両足で立っていなければ滝壺に引き込まれそうになる。華厳《けごん》の滝に飛び込み自死したことで有名になったあるインテリ学生は、生きることの不可解さを死の理由にしたようだが、滝と滝壺の前に佇《たたず》めば、無常と不可解の言葉が目前に迫ってくるはずだ。

老人の名前は田端恒彦《たばたつねひこ》。年齢は八十二歳だが今も病魔に取り付かれる気配などなく、毎朝の三十分の散歩をはじめ食事にも気を配り、また家族も彼の健康には注意を怠らないので、非の打ち所のない健康老人である。陽《ひ》に焼けて深い皺《しわ》こそあるけれど、老人という形容も不自然なほど筋骨も強く、何よりその姿勢の良さは、いまだに若者を威圧する力があった。

彼は自宅を改装して始めた鉄工所を、一部上場会社にまで育てあげた。政治家だった義父の後押しもあったが、そのほとんどは彼の能力と努力のたまものである。

八年前にそれを娘婿《むすめむこ》に譲ったあとも、社内だけでなく社外への影響力を保ち続けている。経済界でも一目置かれる存在として、穏やかで強靱な力を発揮していた。

容姿が優れていることも書いて置かねばならないだろう。今でこそ全身に多少の肉は付いてきたものの、学生時代に剣道で鍛えた胸と両腕の筋肉、そして精神を引き締めて生きてきた証しのような、緩みのない両頬と顎《あご》は、一線を引退したあとも美しく健在で、八十歳を超えた人とは思えないほど、今も近寄りがたいオーラを発しているのだ。

けれどそのオーラが翳《かげ》る瞬間があることに気付く人間はいない。もし気付いたとしても、老いの現象として片付けられるだろう。

彼には五人のひ孫がいる。そのうち二人は直系で今五歳と二歳、上が男の子で恒彦が恒典《つねのり》と名付け、下の女の子は恒彦の妻の名前から一字をとって亜矢《あや》とした。

この二人をまさに目に入れても痛くないほど可愛がり、とりわけひ孫の恒典には曽祖父をジイチチと呼ばせ、決して恵まれていたとは言えない自分の子供時代を思い出すのか、何不自由なく、心身共に豊かに育つよう溺愛していた。

ジイチチとは、祖父を意味するジイジと父親のチチを合わせた呼び方だが、恒彦は祖父のさらに上の世代であるのに、五歳の子供がジイチチ、ジイチチと懐《なつ》くのを、無条件で喜んでいた。幼い子供がそう呼ぶのを半ば強制したのが彼であることは、誰もが知っていたのだが。

梅雨明けまぢかの日曜日、老人は運転手つきの車にひ孫を乗せて、市街から小一時間、県境の谷間にある篠滝《しのたき》にやってきた。

滝に近いところまでは車が入れるけれど、樹木が覆い被さる草道を十分ほど歩かなくては、滝に辿《たど》り着けない。昔は小さな神社があったらしいが、今はそれも崩れて杉や檜《ひのき》の林に呑み込まれている。

ひ孫が幼稚園で滝の絵を描くのだと聞いて、実際に滝をみせようと思い立ったのはジイチチの方だった。何事につけても教育熱心なのはジイチチの方で、いまやそれが生きがいになっているのだから、若い両親はジイチチに任せていた。

草が繁る駐車場には、日曜ということもあって数台の車が停まっているけれど、ピカピカに磨かれてスモークガラスで覆われた黒い大型の外車は他になく、その異様さにワンボックスカーの家族連れは一瞬ヤクザかと思ったほどだ。

けれど降りてきたのは水筒を首からぶら下げた子供と背の高い老人で、

「ツネくん、写生ブックを持って来たか？」の言葉に、慌てて車の中からドラえもんの布袋を持って走ってくる運転手を見て、ワンボックスカーの家族は安心して車を発進したのだった。

水音が聞こえてくる方向に走り出した子供を、老人は歩幅を広くして追いかける。木漏れ日の中を行く二人は、やがて耳を塞《ふさ》ぐほどの水音に包まれた。老人は声を張り上げなくてはならなかった。

「おーい、走るな！ そっちに行くと滝壺に落ちるぞ」

滝壺といってもなだらかに草の斜面が落ち込んでいるだけで、崖のように切り立ってはいない。先に来ていた母親らしい女性と少女二人が、水に手を浸して遊んでいる足元に、滝の水が岩場と砂地を這《は》ってひたひたと寄せて来ている。

浅い岩が作る水底も見えるが、そこから先へ行けば滝壺はおそらく急に深まり、岩をえぐってまさに黒々とした壺を作っていることだろう。

少女たちは恒典より二つ三つ年上のようで、若くて細身の女性は、サマーカーディガンを肩に掛けて二人の娘の名前を呼び、水に入っては駄目よ、とそよぐ風のように言う。その声で少女たちは数歩退いたが、

「でも……そこの白い石までなら平気よ、だって平らだもん」

と不満顔だ。

確かに岩盤の広がりは子供の足首程度の深さで、遠くの激しい水音に較べれば、穏やかな水紋がゆるゆると浮かんでいるだけだ。

元々自己主張の少ない恒典少年は、女性と少女の会話を聞いてすぐに水に近づくのを諦め、少し離れた場所で水筒を首から下ろし、スケッチブックを取り出した。

　こういう物わかりの良いひ孫の性格が、老人には安心であり不満でもあった。五歳にしては諦めが早く、安全圏でしか行動しないひ孫は、自分が生きて来たような荒波の人生を乗り越えることが出来るのだろうか。自分はもっと好奇心や冒険心があった。

　しかしそのような少年に育てた一因は自分にあることも、過保護ぶりを親以上に発揮しているのが自分であることも、彼は承知していた。

　水際の戯《たわむ》れに飽きたのか、少女二人は来た道を何やら言い合いながら去って行く。それは水音と混じり合い、鳥のさえずりや木々のざわめきと一体になって、空へと抜けて行くのだ。

　残された女の後ろ姿に、なにやら見覚えがあり、老人は一瞬、会社の社員かその妻を思い浮かべた。社員旅行やクリスマス会などで見かけた女性かも知れない。もしそうであっても、事務服を脱いだら別人になってしまうのは仕方ない。とはいえ、会社以外のどこかで会った女性のような気がしてならない。

　ぼんやりと滝の水が落ちる場所を見続ける後ろ姿に、老人は声を掛けた。

「……お嬢さんたち、元気ですなあ」

滝の音で聞こえなかったのか返事がない。何か考え事をしているのかも知れないと、彼も同じ滝壺を見た。一段と水音が強く大きくなった気がする。

「……あの子たち、二歳違いなんですよ」

ちゃんと聞こえていたのだ。

老人は女性の真っ直ぐな背筋と首筋を見詰める。髪の毛がうっすらと雲を纏《まと》ったように濡れていた。

「……先ほどから、どこかでお目にかかったような気がしていますが、私の勘違いでしょうか」

「いえ、勘違いなんかではありません」

女が振り向いた。彼は仰《の》け反《ぞ》り、そして息もできず後ずさった。女の視線が、鋭い槍《やり》のように眼前に迫ったからだ。

「お久しぶりでございます」

彼は返事も出来ないまま、ただ女を見返した。色白で右の頬に鉛筆で突いたほどのホクロがあり、髪は長い栗《くり》色で、滝が生み出す風を受けて柔らかく流れている。広い額は濡れて光りを溜《た》めていた。その首に浮かぶ植物の茎《くき》のような青白い血管は、彼がもっとも愛《いと》おしく感じた、いつまでも唇で触れていたい場所だったし、その浮き出た血管に顔を押し当てているあいだ、彼の鼻孔は女の肌から立ちのぼる良い香りで埋め尽くされ、その香りは意識を遠のかせるほどの酩酊《めいてい》を与えたのだった。

遠い記憶がいま、眼前に在《あ》った。すべてが蘇《よみがえ》ってくる。彼は打ち震えるほどの感動と恐怖と驚きを覚えて立ちすくむ。

「……どうなさったの、そんなにびっくりした顔、初めて見ました」

「君は、どこから来たんだ？　今頃になって何のために？」

老人は覚えていた。忘れることなど出来なかった。この女の死を知った夜、自分はもう生きている資格がないのだと、激しく打ちひしがれたことを。

けれど生きた。女が死んだ夜もたぶん、別の女を抱いた。やみくもに、女の死を忘れるために、いや自分を罰して立ち上がれなくするために、どうでも良い女の身体を引き寄せた。

間違いをただす道は、あの夜断たれたのだ。もはやエゴイストの名札を付けたまま、階段を駆け上るしか生きる方法はないのだと。そしてそのように生きた。

死んだ女に彼は言い続けた。貴女《あなた》のように美しい人に相応《ふさわ》しくない人生を、こうやって歩いている。いや走っている。貴女が私をそうさせているのだ。貴女の分まで長生きして、貴女を見返してやる。何十人もの女を抱いて、復讐してやる。のし上がり、繁茂し、弱い者たちを薙《な》ぎ倒してみせる。

なぜ死んだ。他の女と結婚することがそれほどの苦しみをもたらすというのか。愛など無い結婚だと言ったはずだ。それによって貴女への愛が変わるはずもなく、生きるため、上昇するための手段でしかなかったのに、なぜ貴女はそれを許さなかったのか。階段を駆け上がる男の足に手を伸ばせば、その勢いで蹴飛ばされても仕方ない。そして私はあのころ、勢いだけで生きていたのだ。

私は、貴女だけを愛した。そして貴女の死後は、ひたすら貴女を憎んだ……。

老人は反芻《はんすう》する。あそこから始まった闘いの人生がまざまざと見えた。

「……相変わらずそうやって、私が人生の邪魔者のように見ていらっしゃる」

「違う、邪魔者ではない。一緒に闘って欲しかっただけだ。けれど貴女は逃げた。結婚なんて、どれほど愛情の証明になるのか。嵐の道をずぶ濡れで歩くのではなく、傘をさして行く。結婚なんてその程度のことだった。生涯あなたを愛していると言った言葉を、どうして信じてくれなかったのか」

女は目を細め、凍りつくような哀れみの視線を老人に投げかけた。

「あなたに会って、おめでとうと申し上げたかったの。あなたが予定したとおり、望んだとおりの人生を成し遂げられたわね。お仕事は大成功されて、そして今もこうしてお元気。お見事だわ」

「……愛したのは貴女だけだ。付いて来て欲しかった」

老人は本心から言った。もしも自分の人生にこの女が居てくれたなら、それこそ完璧だった。いや結婚話を伝えたあの夜、女が死ななければ、いつかどこかで事業の成功を諦めても、別の幸せを手に入れたかも知れない。認めたくないが、その可能性もあったのだ。女の死は、後悔するチャンスさえ奪ってしまったのだ。

「……さっきここに居た女の子たち、二歳違いのあなたの子供よ。産まれる権利を奪われた子供たちよ。私は二度もお腹の子を殺したんです」

「ウソだ」

老人は叫んだ。けれど叫びながら、それは真実であったようにも思えた。

「もしそうなら、なぜ言わなかった」

「あの頃のあなたは、見たくないものは見えない人でした」

「勝手すぎる。貴女は私の愛したものを、貴女自身も含めて一緒に、根こそぎ奪ってしまった」

「あらそうかしら。あなたは今も、健康で人望もある立派な成功者ではありませんか。すべてを持ってらっしゃるではありませんか。さあもう、あなたへのお祝いも伝えましたから、あの滝壺の底へ戻ります。どうぞいつまでもお元気で」

「待ってくれ、そうやって置いてきぼりにしないでくれ。私は何も持っていない。あのとき貴女とともにすべてを失ったんだ」

「あら、そこに在る小さな命は、あなたがこれまで生きた果実ではないの？　私には羨《うらや》ましいわ。いえ、恨めしいのよ」

言われて老人は振り返る。そこにはスケッチブックを膝に載せた恒典が、首をかしげて自分を見上げていた。

老人は幼い子の名前を呼びながら駆けより、その身体を抱き上げながら振り向いた。けれど目の前には、滝の水が飛沫を上げながら渦をまく光景しか無い。際限も無く水は落ち続け、地鳴りを響かせている。

女は消えてしまった。老人は哀しみと安堵の両方に打ちひしがれる。今起きたことは一瞬の夢だったのだ。

けれど恒典のスケッチブックに目が行ったとき、老人は見つけたのだ。白い紙の真ん中に、五歳児らしい稚拙《ちせつ》な線で、人形のように頼りない風情の、けれど確かに髪の長い女が立っていて、その近くに二人の少女らしい姿が、描き加えられているのを。

秋

星月夜

亡くなった人を星に見立てるのは、たぶん古今東西同じなのだろう。地上から見上げていつも同じように存在している星々。永遠に消えない光。見上げればいつもそこに、星は在《あ》るのだから。

どの星も地球からとんでもない距離の宇宙に浮かんでいて、星と星の間には人間には計り知れない間隔があるというのに、人はその光と光を結んで星座を描く。星座に物語を重ねる。

都会に人が溢《あふ》れる現代より、夜のとばりが濃く立ちこめていた古《いにしえ》の方が、物語は膨らみ、暗い夜空で起きる不思議な運命の顚末《てんまつ》はダイナミックに盛り上がったに違いない。

月夜は月が主役なので星々は影を潜めるけれど、月が隠れれば大小の星々が現れて、無音の合唱になる。夜空に昇り星になった死者たちも、昼の世界は遠慮して身を隠すが、太陽も月も消えた深い天空に、そぞろ手を携えて現れ、ひとときの供宴《きようえん》となる。

七十六歳の町江《まちえ》は、十歳になったばかりの知恵《ちえ》を助手席に乗せて、緑山半島の先端にあるサマーハウスに向かっている。土曜の夕方、突然知恵に連れていって欲しいと頼まれたのだ。

知恵はいつも、町江の心積もりなど関係無く、思いついたように何かを頼んできた。夜中に起き出して、マンションのベランダでカエルを飼いたいと言い出したときもそうだし、テレビの料理番組を見ていて、これからパンを焼くと言い出したのも町江には驚きだった。それまでの様子から想像がつかない突発的な願望と行動。この子の頭の中で、それを口にする前後にどんなことが起きているのだろう。きっと何かが在るに違いないけれど、血が繋《つな》がっている町江にも判らないことばかりだ。

それでも町江は、知恵の希望を受け入れることにしていた。

「良いじゃないの、素敵だわ！」

決して反対しないし、どうして急に？　とも訊《たず》ねない。ただできる限りのことをしてやろうと決めていたのだ。

そのための体力も気力も経済力も、まだまだ充分にあった。町江は幾つかの賞をもらった名のある洋画家であり、三年に一度の個展をコンスタントに続けていけるほど、この世界では成功していた。それに知恵への無条件の奉仕は、愛情というより自分の使命だとも考えている。死ぬまで絵を描くことと、知恵の願いを叶《かな》えること。この二つが彼女の生きる目的だった。

緑山半島には大手の不動産会社が分譲した別荘地があり、三十年ばかり昔、そこにサマーハウスを建てたのはもちろん絵を描くための広いアトリエが必要だったからだが、街中のマンションでの日常から離れて、空と海を眺めるだけのために、ぼんやりと過ごすことにも役にたった。

高台の緑の中に建つサマーハウスは、北に向かう斜面の先、狭まった樹林のあいだに、海が見えた。海の上に空が乗っていた。

町江はこの海を何度となく描いた。視界のかぎり広がる海より、左右の木々に押し込められ肩を狭めているような海が愛《いと》おしかった。何より海と空のせめぎ合いが良く解った。狭まっているせいで海は盛り上がり、天空と結ばれ、そして時にはハウスの足元までひたひたと何かが押し寄せてくる。空は遥《はる》か遠くまで続いていき、その果てにはきっと地球の断崖があって滝が流れ落ちているに違いない。

古代の人間になって海を眺めることができたのもこの場所のおかげで、何も持たない一個の人類になって遠見すると、海の哀しみや嘆き、いっときの安らぎが伝わってきて、それはそのまま町江のキャンバスに写し取られた。

このようにして生まれた絵は、空と海と大地のあわいが消えて、生命が循環する神秘の層となり見る者の心をはっとさせたし、凝らした目で見続けて初めて、それが海だと判ってきて、あらためて空や大地の魅力にも気がつくのだった。

けれど知恵にはひたすら退屈な場所でしかないようで、自分から行きたいなどと言ったことはなかった。遊び友達もいない様子で、マンションのベランダにカエルだけでなく水草の鉢を置いたりして、日がな一日ベランダに蹲《うずくま》っている。ふらりと出かけて、幸せそうに笑みながら戻ってくると、今日天使に会ったの、などと話す。その天使は羽根が緑色に光っていたのだと。

夜になると夜空を見上げて、今日は曇っているなあ、と子供らしくない呟《つぶや》きとともに溜息《ためいき》を漏らしたりした。

サマーハウスに行きたいと言い出したとき、なぜとは問わず、

「じゃあ、コンビニでお弁当を買って行こうか」

とさりげなく言った。

コンビニは町江のサマーハウスには不似合いだが、食べることに無頓着な彼女は、それが習慣になっている。別荘地の入り口に出来たフードマーケットで刺身や出来合

いの総菜を買うこともあった。

鍵を開けて入ると、いつもすることだが家中の窓を開け放つ。知恵も喜んで手伝う。

「全部追い出すのよ」

「うん、丸いのも細長いのも三角のもいる、全部出て行け〜」

叫びながら二階の開き戸を押し開けている知恵に、一階のアトリエから声を掛けた。

「丸いのとか細長いのとかって……何かいるの？」

「うん、三角が一番大きいよ」

「三角の虫？」

町江はカメムシの姿を思い浮かべた。

「さあどうかな……訊《き》いてみるね……あなたは虫ですか？　虫ではありませんって……」

町江は階段を上がり、知恵の様子を確かめるが、開いた窓に向かって、空気を手でかき出す仕草ばかりを繰り返している。

「虫だったら、殺虫剤があるわよ」

「もう終わった。全部出て行った」

「そう、そんなら良かった。もう安心だね」

「安心、安心」

と知恵はいつもの笑顔になっている。

「……まだお腹は空《す》かないでしょ？　お空が暗くなる前に、ちょっとお散歩しようか」

「お散歩は好きだけど、戻って来れなくなるかも知れないよ」

「大丈夫、大丈夫。そのときは誰かが見つけてくれるから」

三歳のとき、初めてこのハウスに連れてきて、知恵は迷子になった。別荘地の管理人やボランティアが来てくれて夜中まで捜索した。知恵は浜辺の砂が吹き溜《だ》まった窪《くぼ》みで眠っていた。波音がよほど心地良かったらしい。恐怖で泣きわめいた形跡も苦しんだ様子もなかった。そのとき町江は、この子の臍《へそ》の緒は人間の身体と繫がっていないのだと思った。

バラを這《は》わせた建物の玄関を出ると、なだらかな広い丘が下っている。その両側には季節ごとの草花が咲いていて、いまは月見草とサワランとキツネノカミソリが秩序もなく入り乱れている。町江は植物同士の自生競争を見ているのが好きで、近年はサワランやトキソウの濃く薄い赤色の花が目立ってきた気がする。もっとも気温が高くなってからは、月見草が勢力を伸ばしてきた。

真っ直ぐ丘を下るつもりで歩いていると、知恵が手を引っ張って、そっちは駄目だと言う。

「こっちに行きたい」

　どうしてだろうといぶかりながら知恵に任せた。引かれている手が柔らかくて心地良い。何か小動物の巣か面白い木があるに違いない。海岸沿いの奥まった草道は、町江には初めてだがやがてどこかで海に出るはずだ。

「……さっき部屋にいた三角のものが、こっちに入っていったの」

「……虫ではなかったの？　カメムシとかカミキリムシとか」

「もっと大きくて、うっすらと光っているの」

　なんだろう。知恵は手を放さず、強引に町江を導いていく。よほど興味があるのか足取りも速くなった。突拍子もないことを言いだし、すぐに実行しないではすまされない気性の幼い子を、町江は制止するでもなく、けれどときどき不審に思う。何かが子供の身体に入り込み、操っているのではないかと。

「その三角のもの、今も見える？」

「見えないよ。どんどん先に行ってしまったから。早く追いかけないと」

　いつもの散歩道からは離れていくけれど、波音はちゃんと届いているので、海岸に戻ることが出来る安心感がある。足元には獣《けもの》の通り道のような細い径《みち》が続いていて、そこをときどきせせらぎが横切っていた。

空から降ってくる明るみは次第に失せていくのが判る。けれど頭上には木々が覆い被さっているので、灰色から紺色に濃くなっていく帯のような空が見えるだけ。空気が色を濃くする割には、足元の径はぼうっと明るんで、両側に群がる草草や名前も知らない小花が、蛍光の粉をまぶしたように浮かびあがってくる。

その中を知恵の足が動いていく。追いかける町江は、もう少しゆっくり行きましょう、と言いたいけれど、知恵がこんなに勢い込んで行くには何かわけがありそうで、頑張ってついていくしかなかった。

「三角、三角……」

知恵は呟く。

「どこ？　どこに？」

町江は知恵が追いかけているものを見ようと、足を動かしながら精一杯顔を上げて先を見通すけれど、いよいよ鬱蒼《うつそう》としてきた森と空との境界が、重なり揺らぎ、判別できなくなっていく。空はすっかり暮れ落ちてしまったらしい。

やがて知恵の呟きが別のものに変わった。

「……デネブとベガとアルタイル」

聞き直そうと足を止めると、知恵は面倒な大人に困り果てたように大人びた声で、

「デネブとベガと……」

「知恵、それは虫の名前？」

「違う。困った人だね」

振り向かないまま、知恵は声色を変えた。

「あんなに教えたのに、ちっとも覚えないんだから……」

「そうだね、ごめんね。教えてもらったのに、全然おぼえてないの。もう一度教えてくれる？」

「見れば解るわ」

気がつくと知恵の手が、大人の大きさに変わっている。大きな手になっても、柔らかさは同じで、子供の手よりもっと汗ばんでいた。

さほど歩いたわけでもないのに、何年も歩き続けたような疲れ方で、そのあたりに寝転びたくなる。知恵はもうすっかり大人の背丈に伸びて、その影も町江と同じになった。それが怖くもあり嬉しくもありで、町江は身体に残った力を振り絞って足を動かした。

世間では成功者と呼ばれているけれど、こうやって一歩一歩、ただ死にものぐるい

でここまで生きて来たのだ。

「ねえ知恵、そうでしょ？ 私頑張って生きてきたよね。苦しくても休まず、絵を描いてきた。画壇から意地悪されたときも、決して逃げ出さず、人の悪口を言わず、自分の絵だけを信じてキャンバスに向かった」

「……そうだったわね母さん……絵を描いている母さんは、私と話している母さんではなく、知らない人と無言でお喋りをしていた……一人でぶつぶつ言っているとき、誰とお話をしているのか不思議だったけど、あるとき母さんにそれを訊ねたら、お話相手は絵の神様だと答えた。そのとき母さんの顔には、絵の神様が乗り移って、私に向かってこう言ったの。この人に話しかけてはいけませんって。たとえ母親であっても、母さんが神様とお話しているときは、母さんではないのですって」

町江には知恵の言葉が痛いほど解る。あのとき確かに、自分には娘など存在しなかった。話しかけてくる邪魔者でしかなかった。

波音が近づいてくる。ついにあの場所に来たのだ。

砂地を踏む感触が脳髄まで上がってきたとき、その勢いで天を見上げた。満天に白い星屑が撒《ま》き散らされて、その中の幾つかは黄色やピンク色の光に包まれている。

「このあたりだったかしら」

町江は知恵に確かめる。

「もう少し水辺に近かった。砂浜は湿っていたわ。潮が満ちてくる時って、波音は静かになるのよ」

「……ごめんね知恵……あの夜は展覧会前の一番忙しい夜で、昼間し残した仕事のことで頭がいっぱいだったの……あなたが夕食のとき、必死で何かを訴えていたことに気付いたときは、もう遅かった。お父さんが白鳥座のデネブ、私がワシ座のアルタイル、あなたが琴座のベガ。夜空に浮かぶ三角形を見に行こうと約束していたのを、私は忘れたふりをしてアトリエに入った。自分の都合で破ってしまった。お父さんはそんな私にうんざりして、車でどこかに出かけ、ひとりぼっちになったあなたは、泣きながら夜の散歩に出かけた。夜空の三角形を探すために。

あなたがあの砂の窪みで見つかったとき、口は砂を呑み込み、耳は流木で打ち据えられて血が流れていた。身体は海水よりもっと冷たく、息をしない全身からは海藻の匂いがした。あれからあなたは、私を許してくれない。父さんも天国へ行き、私にはあなただけになったのに、あなたはいつも復讐の機会を狙って、静かに私の様子を見ているだけ」

「……復讐なんて、そんな気持ちはみじんもないわ。母さんには絵があるけれど私には何もなくて、ただ五歳のとき、最後に見上げた夏の夜空の三角形の星座だけが私の中で輝き続けている。父さんと母さん、そして私。デネブとアルタイルとベガ。ほら、母さん見上げて見て！　見事な三角形になってる。あんなに沢山の星が白砂のように散らばっているのに、あの三角形はどんな波にも崩れないで、夜空を支配しているの」

「……そうだわね知恵、今度こそ本当の三角形になりましょう。繋いだ手は、もうけっして離しません。あなたがこのハウスに来たいと言ったとき、こうなるとは予想できなかったけれど、それも星の巡りというものね。波の音が寄せては返す……その一度が一年……あっというまに何十年も経ってしまって、もう私はこんな歳になったわ。為《な》すべき事を為し遂げました。一緒にあそこへ連れていってね」

町江は知恵と手を取り合い、気付くと反対の手を十六年昔に死んだ夫が握ってくれている。三人はゆっくりと夜空の三角形に向かって浮かび上がっていく。三角形の周辺に居る竜や蛇や蛇遣《へびつか》い、そしてイルカたちが祝福して迎えた。

虫時雨

夏が終わり行くとき、死者たちの魂は暑い季節の中に置き去りにされ、いくらか恨めしげに哀しげに、涼やかな秋に向かって歩いていく私たちの背中を見送っている。おおい、忘れてくれるなよ……来年も思い出してくれよ……。

私たちを見送る声なき声が、草むらを渡る風に混じって背後から聞こえてくる。

その草むらだが、河川敷から土手へと上がる広い斜面に、雑草が生い茂っている場所がある。数年前の夏、洪水で水浸しになったときは、この斜面ももう草で覆われることはないだろうと思われたが、翌年は再び、雑草が繁茂した。

紫蘇《しそ》に似た葉をもつカラムシ、ネコジャラシ、女郎花《おみなえし》、イラクサやヨメナ、それに良く見るとクローバーに似た丸い葉を広げるカタバミなども繁《しげ》っている。けれど土の表面を覆っている主なものは誰も名前を知らない茅萱《ちがや》のような草草だ。

切り損ねたまま残されてしまった樹木が何本か立っていて、あちこちに木陰を作ってくれてはいるが、その葉も夏の暑さに疲れきって、灰色の固い色を川風に打たせていた。

地元の情報誌によると、この場所は虫の鳴き声を聴くのに最適だとか。近くの小学生が昆虫採集するのも、この場所を含む河川敷一帯が人気だと言われている。昆虫好きがその情報誌に寄せている一文には、毎年加速する地球温暖化で雨量が増えた結果、この土手の斜面が崩れるような事にでもなれば、おそらく次はコンクリートで固められるだろうから、この昆虫王国もその時までのいのちだと書かれていた。

虫の鳴き声を人間は何種類ぐらい聴き分けることが出来るだろうか。スズムシやコオロギは耳に馴染《なじ》んでいるだろうが、ほかにもクツワムシ、アオマツムシ、ウマオイなど、秋の草原に心を寄せると、いろんな鳴き声が混じっているのが判る。もちろんこの季節は、夏の暑さを引きずり、季節の移ろいを認めたくない蟬《せみ》の声が、これは煩《うるさ》いほどに合唱するので、秋の虫の出番はそのあとということになるのだが。

土手の斜面も、八月中は蟬の声に圧倒されているけれど、天空の星がカラカラと二周ばかりすると、声の主たちはたちまち入れ替わり、虫すだく風情へと変貌するのだ。独裁者が去り、小さな命が蘇《よみがえ》るのである。

それを楽しみに、毎年この季節、土手の斜面の草むらにやってくる老女がいる。彼女はかなりの高齢で、本人はもう自分の歳も忘れてしまっている。ただそれでも、訊《き》かれれば二十二歳と答えるのが常だ。

　三十代になって結婚し出産もし、子育てや親の看取りなど、老女の人生にはいろいろあったけれど、それが何歳のときだったかと訊かれても、さあ、幾つでしたっけ、と首を傾《かし》げるばかりで、人生の大きな出来事を刻む年齢が、すっかり消えてしまっている。

　何を訊《たず》ねられても、歳をとってしまいました、とだけ答えるのは、実は人生の対応マニュアルのようなもので、記憶の画面が濁った水たまりのように曖昧《あいまい》である以上、このひと言さえ口にすれば、すべての質問をやり過ごすことが出来るのを学んでいた。相手は折々に、親切心から実年齢を教えてくれるけれど、あら、そうですかと、他人事のように聞き流していた。

　けれど彼女はそのとき、静かに胸の内で呟《つぶや》くのだ。あなたは知らないでしょうが、私は今、二十二歳なのよ。

　今年もその日がやってきた。毎年の行事である。深夜、それも月の出ている夜でなければならない。家族はハイカイと呼ぶけれど、どうやらその意味は良くないことらしいが、そんなこと気になどしてはいられない。

家族が寝静まったのを確かめて、そっとベッドから起き上がる。トイレに行く様子で、廊下を摺《す》り足で歩き、二階の寝室の気配を窺《うかが》い、誰も起きて来ないのを確かめたのち、玄関の二枚のガラス戸を閉めている古いネジ式鍵をゆっくりと回して緩める。そうしておいて、台所へ回る。台所の裏庭に出る古い木戸は、横木をずらせば外へと開くのだ。

玄関のネジ鍵は騙《だま》しだ。玄関の扉を開けたとたん、上から下げた鈴が鳴るようになっている。鈴さえ鳴らなければ、安心安眠である。ハイカイを取りやめたと二階は考えるだろう。老女の知恵は二十二歳のままで、こういうことでは少しも衰えてはいなかった。

けれどもう、この冒険も最後になるかも知れない。秋になれば近所に新しい施設が建つらしく、そこに入るように説得されている。私は二十二歳だからそんなところへは入りません。そう言うと、ヒソヒソ声で、あれこれと別の説得案が練られている様子、抗《あらが》っても嫌がっても、早晩その施設に入ることになりそうだ。そうなれば、この毎年の草むら訪問は叶《かな》わなくなるだろう。

その覚悟を決めて、裏庭から通用門へと裸足で気配を消して歩く。ついに道路に出た。

月は冴えている。満月を少し過ぎているが、道路に家々の影を落とすぐらいの光の力を持っていた。

川までの道筋は間違うわけがない。家族は誰も知らないけれど、何回も何十回も歩いてきた。昼間のことが多かったけれど、夜だって数えきれない回数通っている。自分を捜すとき家族は、決まって公園や駅方面に向かうけれど、人気の無い河川敷には関心がなさそうだ。自分たちが無関心なので、老人は尚更《なおさら》だと考えるのだろう。馬鹿だな、想像力の欠片《かけら》もない。彼女は月に向かって嘯《うそぶ》いた。

流れの音が近づいてくると、気持ちがはやった。あの人を待たせてはいけない。一刻も無駄にしたくないので足を速める。すると面白いほど歩くスピードが上がった。

土手の上に立つには階段をいくつか上がらなくてはならない。ここだけが難所である。一段一段、片足ずつ、時には膝に手を置いて掛け声とともに押しながら身体を持ち上げると、川音が急に高まり、風が吹き上げてきた。土手の頂点に立ったのだ。

背伸びをし、胸一杯に夜の川風を吸い込み、その甘さを確かめる。すると一呼吸ごと全身に力が漲《みなぎ》る気がした。

すでに目の前の草むらから何種類もの虫の声が届いている。彼女は草むらに足を踏み入れながら、幾重もの虫の音を慎重に聞きわける。少し掠《かす》れたような、時に鋭さを帯びる鳴き声は、独特の抑揚を保ちながら、真っ直ぐ彼女の顔にぶつかってきた。

「私ですよ」

声を掛けると、女郎花の枯れた葉の間から細長い顔の虫がひょいと飛び跳ねて現れた。ウマオイに似ているけれど、多少頭の形が違い、こちらはウシオイ虫である。

「私よ私……あなたのモニワ羽虫ちゃんが来ましたよ……」

「良く来てくれたね……ありがとう……逢いたかった」

ウシオイ虫の男らしい嗄《しわが》れ声が嬉しく、彼女がウシオイ虫に顔を近づけるために身を屈《かが》めると、茅萱の長い葉が小川のように大きく広くなり、彼女はその縁にかろうじて身体を留めている白い羽虫になった。

「それで良い、その大きさならゆっくり話が出来る」

ウシオイ虫とモニワ羽虫。両方にこの名前を付けたのはウシオイ虫の方だった。それもう、ずいぶんと昔のことで、何度もここで逢っていると、どうしてそんな名前をつけたのかも、忘れてしまっている。それで逢うたび、

「なぜ私はモニワ羽虫なの？　なぜあなたはウシオイ虫なの？」

と尋ねることになった。少しだけ語り始めると、ああ、そうだったとすぐに思い出すことが出来たのだが。

ビルマのモニワという村に、白絹のような長い羽を背中に畳んだ美しい虫が居た、というのが、ウシオイ虫の説明だった。

「ふつうの羽虫ではないのね？　白絹の羽なのね？」

「そうだよ、手の平に載せると、折りたたんだ背中の羽を、まるで身体からベールを剝《は》がすような恥ずかしげな仕草で、ゆっくりとこすり合わせるんだ。そのときね、愛らしくて切ない、銀粉を撒《ま》くような音が出る。たった三センチほどの身体なのに、チンドウィン河の轟々《ごうごう》と流れる川音をしのぐばかりの、胸の底に届いて一晩中全身を温めてくれるような鳴き声で囁《ささや》くんだ。あなたのことを思いながら私は、毎晩この羽虫と戯《たわむ》れた」

「そうなのね」

「もう千回も話したよね？　モニワ羽虫が居なかったら、私はもっと早く死んでいたって」

「千回も聴いてはいません。でも九百回ぐらい聴いたかも知れない。ウシオイ虫は、どうしてウシオイ虫なの？」

「それも千回ぐらい話したね」

「そうだったかしら。最近物忘れが酷《ひど》いの」

インパールからの敗走で、チンドウィン河を渡ることが出来ずにほとんどの仲間は、飢えで死んだ。けれど幻の牛を追い立てて、幸せそうに叫んでいた兵隊がいた。仲間はウシオイと呼んだ。狂っているので、名前など無用だった。

インパールまでの村々で軍票を押しつけて調達した牛は、牛車として武器を曳《ひ》き、食料となって兵隊の胃袋に収まった。牛を追い立てるのは最下級の兵隊で、名前を呼ばれず、おいウシオイ、と上官から呼ばれた。牛を解体して食べるときも、ウシオイは肉を食べさせてもらえず、歩兵三十人で一頭の腸を洗って焼いて食べた。何万何千の兵隊には、ビルマ全部の牛を与えても足りるものではなかったし、チンドウィン河の支流を渡るたびに牛は流された。

「あのとき僕は、牛を追っていたんじゃなくて、この手に止まってくれとモニワ羽虫に手を伸ばしていたんだ。するとね、どこからともなくあの柔らかい鳴き声が聞こえてきて、私の手の平に乗ってくれるんだ。ちょっと腰をずらすように動かして、気がつくともう、汚れた手の平の泥の割れ目に足を付けて、そして丸い目で私を見上げている」

「こんな風にでしょ？　ね？」

モニワ羽虫は、若いころは昼日中にも夢を見て居る目だと言われた大きな黒目を、ウシオイ虫に向けた。ウシオイ虫の長い顔は月を背にしていたので、女郎花の葉と同じに黒々としていたけれど、モニワ羽虫の目は月影を映して雫《しずく》を置いたように光っている。モニワ羽虫の大きな目の後ろには、蜻蛉《とんぼ》よりもっと薄い雲母の羽が、長くて柔らかい衣の裾模様のように、茅萱の葉の上に伸びている。

「……とても大事なことを訊いてなかったわ」

「何でも訊いてくれ。今夜はとても心地が良いから、答えにくいことも答えることが出来る」

「死ぬときは苦しかった？　誰かを呪ったり恨んだりした？」

ウシオイ虫はその特徴である顎《あご》を深く引き、顔の横から伸びている触角の先を丸めて、何かを思い出そうとしている。モニワ羽虫は彼の言葉を祈るような気持ちで待った。

ようやくウシオイ虫が口を動かしたとき、月がカタリと落ちた。

「……誰も呪ったり恨んだりはしなかった。ここに居ることは運命だと思った。この世に生まれてきて、三日で死ぬ赤ん坊もいる。生まれてこなかった命もある。それを考えれば、この運命はもう少しマシかも知れないと思った。けれど一つだけ死んでも死に切れんと胸をかきむしる苦しみがあった。あなたのことだ。自分が死んだことを一刻も早く知らせてやって欲しいと願った。そうしなくては、あなたの人生をめちゃくちゃにしてしまう。けれどこのままでは僕の死はずっと先になってしか確認して貰《もら》えないだろう。だって道には点々と死骸が転がっていて、雨の中ですぐに白骨になってしまう。僕が死んだという連絡さえ、いつ届けて貰えるのか判らなかった。だから僕は、日本の方角に向かって必死で叫んだ。僕はもう、あなたに待って欲しくない。だからあなたは好き勝手に生きて欲しい。僕の心はあなたからとっくに離れて冷めているんだと、毎日叫び続けた。あなたに届けば、あなたは僕への気持ちを捨てて、別の人生を生きることが出来る。僕の冷めた気持ちが伝われば、あなたはきっと別の人生に入って行けるだろう。そうして欲しいと、声の限り叫んだ」

ウシオイ虫は、そのときの真情を思い出したかのように冷めた視線でモニワ羽虫を見た。

「……残念でしたね。その叫び声は日本に届きませんでした。出征前の、必ず戻ってくる、という約束の声しか聞こえなかったわ」

「けれど結果的には、うまく行ったんだね。あなたはちゃんと結婚して、今は孫まで居るんだから」

するとモニワ羽虫は猛然と長い羽を立て、ウシオイ虫に襲いかからんばかりに鳴き声を上げた。長く白い羽が刃物の刃を擦り合わすように激しく震え、月光の中に羽から零《こぼ》れ落ちた銀粉が舞い上がる。

「どうしてそんな風に考えることが出来るのか、女の私には解らない。気持ちが冷めたとかキライになったとか言えば、好きになった男を忘れられる、そして新しい人生に向かうことが出来るなんて、きっと自分がそうだから私もそう出来ると思ったのね。私のこと、ちっとも解っていないんだから」

「ほらね、そうやって怒り狂えば、男のことなんて忘れてしまえるもんだよ」

「ではなぜ、毎年夏が終わって秋の虫が鳴き始めるころ、ここに来てあなたと逢うの？　もう二十年もこうしてあなたに同じ質問をして、同じ答えを貰って、そして毎度同じ喧嘩をして……もういっそのこと、この土手の草が洪水で剝ぎ取られて、あなたも一緒にこの川に流されてしまえば良いのよ」

　ウシオイ虫に言い放ったのだが、ウシオイ虫は地球を俯瞰《ふかん》するような超然とした態度で首をもたげ、触角を伸ばして言った。

「ビルマのチンドウィン河は今も何も変わっていない。この川だって、川というものは簡単には姿を変えないものなんだよ」

「ああ、あなたは何も知らないのね。日本は変わり続けているの。今年在《あ》ったものが来年はもう、消えてしまう。もしも運良くこの川や土手がこのまま在ったとしても、私がここに来ることが出来るのは、これが最後かも知れない」

「なぜだ、毎年こうして逢えたのに……やはり僕を見限ってどこかに行ってしまうんだ」

「いえ、そうじゃないの」

モニワ羽虫はその先を言うべきかどうか迷った。というのもモニワ羽虫は、施設に入ることになりそうだという事実を、自分の運命とは思えなかったし、本心ではこのままこの草地の茅萱の中で、ウシオイ虫と一緒に死んでしまいたかったのだ。けれどウシオイ虫は運命を受け入れた。だから自分も受け入れなくてはならない運命があるのかも知れない。

虫たちの沸き上がる鳴き声が、一瞬静まった。

栗の実

文政の世というから、今からほぼ二百年も昔である。けれどさほどの昔とも言えない。明治維新のほぼ半世紀前。何となく辿《たど》ることが出来る程度の昔。

母の死を機会に我が家の位牌《いはい》を調べたところ、文政年間に亡くなったご先祖様が沢山いた。成人後の死者に較べて戒名が短く、童子や童女となっているので、幼年時期か産まれてすぐに他界したことが想像できる。

そのころは多産多死の時代だったのだろう。産まれたものの成人まで成長する割合が少なく、多くの子供を産む必要があった。

もちろん、家長と思われる男性やその妻は当時なりの寿命を全うして長い戒名を頂いている。夫婦が並んで位牌に納まっているのは、その人生が想像できて安心できる。この夫婦の長男がこちらで、そこに妻が来て子を育てたのがこちらの夫婦であり……とまあ、没年の順番を間違えなければ、世代の移ろいも見えてくるというもの。

この夫婦の時代に明治維新があり、この人たちが生きていたころ日清日露戦争が起きた、となると、日清戦争に出征したのはこの人だと判って、歴史が自分の血と繋《つな》がってくる。我が家を継承してきた命と、幼くして散ってしまった命。今となればいずれも同じ一枚の板に記されて、位牌に納まっている。

一枚一枚捲《めく》っていくと、そのいずれにも入らない死者がいた。少なくとも十八歳まで成長して結婚したらしいが、間を置かず死んだ女性がいて、その位牌が我が家に在《あ》るということは、当時の嫁ぎ先から戻ってきた、いわゆる出戻りだったのだろうと推察できる。文政の後の天保《てんぽう》の人だ。

順当でまっとうな、世代を継承した死者たちに較べて、出戻りさんはきっと、肩身の狭い、辛い人生を送ったのではないだろうか。

その女性の戒名は、秋林背栗信女《しゅうりんせぐりしんにょ》となっている。享年は十八。現代ではその年齢で嫁いだのち実家に戻され死ぬというのは、あまりに慌ただしい人生だが、江戸時代には有り得たのだろう。

不思議なのはこの戒名だ。秋林背栗信女、他の戒名とかけ離れている。大抵は俗名から一字取り、その他は本人の生前の徳をたたえる漢字が並べてあるものだ。たとえば私の母の戒名は慈福院清麗良徳大姉となっていて、どう見ても名前負けしそうな、立派な漢字が並んでいる。あの世で母は、こんな名前は気恥ずかしくて、と顔を隠しているに違いない。

ことほどさように、戒名には抽象的な意味の漢字が用いられるし、また他のご先祖様も、賢や徳や信や天などという、漠然として上等っぽい漢字の戒名が付けられているのに、栗などという植物の名前を貰《もら》った人はどんな人物だったのだろうかと、出戻りさんの人生に心惹《ひ》かれた。

秋林についてはそのものズバリで、秋の林だからイメージも浮かぶけれど、背と栗は何を意味しているのだろう。その時の菩提寺の方丈さまが、自分の語彙テリトリーの中からその日の気分で選んで付けた、にしても背と栗は謎めいている。

親が没すると、それまで何かと疎遠だった故郷の菩提寺と付き合いが再開する。法事や納骨、初盆なども相談しなくてはならず、その折り、会話の途切れを繋ぐつもりで言ってみた。

「……位牌をあらためて見て見ますと、天保のころ亡くなった女性に、秋林背栗信女という戒名の方がいらっしゃって……面白い戒名だなと、あれこれ想像しました」

そのとき方丈さまは、ほう、そんな戒名は珍しいですね、折りがあったら過去帳を調べて見ましょう、と言われた。過去帳とは、寺にだけ保存されている檀家の記録らしい。

一周忌がやってきて、その出戻りさんのことはすっかり忘れていたのだけれど、方丈さまは覚えておられて、過去帳で調べたことを電話で教えて下さったのだ。

方丈さまは開口一番、私に言われた。

「天保の大飢饉《ききん》という言葉を聞いたことがおありでしょう」

「ええ、受験用の日本史での知識程度ですが……大塩平八郎の乱の原因にもなった飢饉ですね。多分、冷害や洪水で稲作がやられて……」

「大坂では毎日百人単位の餓死者が出たそうです。東北はもっと悲惨だったと聞いています。その時代の人だということで、これからお話することを受けとめてください」

なにやら胸騒ぎ。

方丈さまも、仏に仕える真面目な人のようでいて、相手を脅かしたり驚かしたりするのが好きな性格とは聞いている。

飢饉が私のご先祖に及んだ、ということならさもありなん事だし、東北地方で人食いが起きたとも聞いていたので、それが我がご先祖さまであっても驚かない。日本中が飢えていたのだし、そんな中で何とか生きのびたからこそ今の私も居るのだと思えば、あらゆる覚悟が出来ていた。

けれど出戻りさんの戒名にまつわる話は、そんな想像の範囲をいささか超えていた。過去帳だけでなく寺に残る記録や言い伝えを総合してみると、秋林背栗信女と戒名が付けられた女性の事に違いないと思える話が、いくつも見つかったのだそうだ。

その女性の俗名は残っていない。なぜ嫁ぎ先から戻されたかの理由も定かではないけれど、想像することは出来る、と方丈さまは言った。

その人は器量よしで性格も良かったらしい。子供のころは野山を駆けまわるお転婆少女で、ケモノ道にも詳しく、大人はイノシシやウサギの罠《わな》掛けにも彼女を連れて行ったほどだ。というのも人並み優れて勘が鋭く、風の中にケモノの息づかいを聞いたり、耳をすませば樹木の声も聞き取れたからだ。

飢えて発育の劣っている子供が沢山いるのに、彼女は体格も体力もあり、知力も知識も大人と競うほどのレベルだった。いったん山に入って出て来るときは、ドングリや山芋、アケビにイチジク、そして野葡萄《ぶどう》や柿なども両手いっぱいに持ち帰った。ときには着ているものや髪の毛にまでイガグリをびっしり付けてくることもあった。イガグリを身体に付けるのは棘《とげ》でさぞ痛いだろうと大人は心配したけれど、彼女は全く痛がらず、身体中のイガグリを一つ一つ外して大盆を一杯にした。母親は彼女の収穫に感謝しつつも、どうしてそんなことが可能なのか不思議がり、またいぶかった。

風呂に入っているとき、裸の彼女を盗み見た母親は、その背中や上腕に栗の棘が刺さった赤い点々があるのに驚き、もう山に入らなくても良い、と止めたけれど、彼女は栗の棘には全く平気な様子で、むしろ山から下りてくると、すぐにまた山に行きたい様子なので、家族も近所の人間も甘えて、有り難く山の幸のお裾分けに与《あずか》ることにしたらしい。

あるときから、彼女はお風呂に入らなくなった。山の清水で顔や身体を洗っているので、家では風呂など必要ないと言い張った。確かに山を歩き回ったとも思えないほど、彼女は清潔だった。野草や果実類も洗ってすぐに料理できるようにして持ち帰ったので、程よい清水を見つけたのは確からしい。

その頃から次第に無口になり、両親が話しかけても静かに笑い返すだけ。

こんな娘では嫁に貰ってくれる男もいなくなると考えた両親は、人に頼んで急ぎ嫁ぎ先を決めた。山からの実りは婚家に行ってしまうけれど、早めに手を打たなくては生涯実家で面倒を見なくてはならなくなる。

嫁ぐ日彼女は、意味深長な言葉を残した。

やがてこの家でも、私が必要になります。そのときまでお父上お母上、さようなら。

両親が案じたとおり、彼女は数ヶ月後に実家に戻された。その理由は仲人を通じて伝えられたところによると、夫婦の営みが出来ない身体のせいだという。

もともと強情なのは判っていたが、夫の言うことは必ずきくと約束していた。夫婦の営みが出来ないとはどういうことか。両親は困り果てた。

戻ってきた彼女は背中が丸く飛び出していた。顔も手足も若いのに、背中だけまるで老人のようだ。これでは夫婦の営みも出産も難しいだろうと納得した。

彼女の背中に何が起きているのか心配で、両親は医者に診せようと考えたが、このときばかりは強く拒絶され、何日も家を出て戻らなかった。

両親は万策尽きて、娘の行く末を諦めた。そんなとき赤ん坊を授かったのだ。産まれてきたのは男児だったので、背中が曲がった姉への関心は急速に衰えた。

彼女の背中は曲がり続け、立って歩くのも難しくなり、上を向いて眠ることも出来ず、あさましい姿で終日横になっていた。

飢饉は比較的恵まれていたこの家にも押し寄せてきた。稗《ひえ》や粟《あわ》や芋類も家々の倉から消え、海岸の小魚や海藻類も採り尽くされた。犬猫なども姿を消し、東北からはもっと悲惨な話がもたらされた。日本中で死者がどんどん増えているらしい。

そんなとき、背中を曲げて苦しむ娘を盗み見た母親は、奇妙なことに気付いた。背中を覆う布が破れて、何かが飛び出している。悲鳴をあげて母親は娘に近づき、彼女が拒むのも構わずその背中を覗き込んだ。そこには植物の芽が生え出ていたのだ。触ると、芽の周りが深く根を張っているのが判った。背中が曲がって見えたのは、この根のせいだった。

苦しさに耐えかねたのか、それとも植物の芽を抑えつけようとしたのか、彼女は真っ赤なしごき帯で身体を締め付けている。

父親も走り来た。這《は》い這いする赤ん坊もやってきてその様子を見た。父親は尻餅をついて呪った。赤ん坊も異様な雰囲気に泣き叫ぶ。母親は涙を流しながら、これはきっとご先祖さまの祟《たた》りだと言いつのる。

放心し、むしろすべてがバレて安堵したかに見えたのは彼女自身だった。すでに芽は背中の肉や皮膚を突き破り、十五センチも伸びていたし、その根は脇や腰を抱え込むように張り巡っているのが判った。これではもう、引き抜くことなど出来ない。引き抜けば根と一緒に命まで失うだろう。

両親はなすすべもなく娘に取り付き、なぜこんな姿になったのかと問うと、娘は喘《あえ》ぎながら言った。

お父さんお母さん、嘆かないでください。私は永遠の命を与えられ、これからも飢饉のときは食べ物を提供し、村の人に感謝されるでしょう。

けれどこんな身体では村の人に感謝されるどころか、忌み嫌われるだけだと思われた。そしてこの先、背中の芽がどのようになるのか恐怖におののくばかりで、両親は動転したまま娘から後ずさりするしかなかった。

最後に娘に、何が欲しいかと問うと、水を瓶《かめ》一杯欲しいというので、枕元に水瓶を持ってきて、そのまま泣きながら退散した。

翌日のこと、さすがに気になって娘の部屋を覗くと、娘が身体を横たえていた布団にその姿は無かった。水瓶の水はすっかり空になっていたので、娘が飲み干したのだろう。

枕元に紙切れが残されていた。その紙切れには、山へ入る道が記されていて、山の中の小径《こみち》も詳しく描かれていた。野葡萄が蔓《つる》を広げている場所、カタクリが密生する山肌、柿の木、スモモの木、アケビ、イノシシが住む一帯や野ウサギの穴の場所など、詳しく教えてあり、最後に山頂近くの平地に栗の木があるけれど、これは伐《き》らないようにと書かれていた。

何ヶ月か経ったけれど、娘は戻って来なかった。そして一年が経った。

家族は娘が居なくなったことを最初は嘆き悲しんでいたが、やがて安堵に変わった。

あんな姿をご近所の人たちに晒《さら》せば、一族郎党が奇病に侵されていると思われるか、ご先祖さまの祟りだと忌み嫌われるかのどちらかだ。そんな悪評判が立つことはどうにか避けられた。娘は遠い親戚に預けたことにした。

けれど家族には、実際に娘がどこに行ったのかは、おおよそ見当がついていた。彼女が毎日のように訪ねた山に違いない。そこで打ち伏して死んだのだろう。山の情報は遺書のようなもので、家名に泥がつかないように出奔《しゅっぽん》したのだ。

この痛ましい想像は、家族を無言にし、謙虚にし、そしてときどき誰かが山に入ることで、娘が記していたとおりに果実やケモノの肉にありついた。口にはしなかったけれど、それは娘の供養でもあったのだ。

娘が記した山路は入り組んでいるうえ、丈高い草や灌木《かんぼく》に覆われていたので、目印を付けておかなくては戻って来れないほど人目から離れていた。その分、収穫は大きく、皆が飢えているときでも細々と命を繋ぐことが出来たのだ。

赤ん坊だった子が三歳になったとき、家族が揃って山に入ると、三歳の子は初めてなのに、見知った山路のようにどんどん上っていき、山葡萄、キノコ、柿やアケビには見向きもせず、一番奥地にすっくと立った栗の木の前で万歳をした。それからその木の根元に巻き付いた布を、しきりに手で引っ張る仕草。

両親は何をしているのかと近寄って、その場にしゃがみ込んだ。子供が引っ張っている布に見覚えがあったからだ。娘が背中に生え出てくる芽に苦しんでいるとき、身体に巻きつけて耐えていた赤いしごき帯に間違いなかった。

子供が嬉しそうに栗の木に抱きつくと、栗の木も喜んで枝を揺すり、その枝から何十個ものイガグリが落ちた。子供ははしゃいでそれを拾う。

両親は、あの五寸の芽がこれほどの大樹になり、娘は大樹の根の栄養になってこの土に眠っていることを疑わなかった。赤いしごき帯はまるで大樹のネックレスのように幹の根元で鮮やかだった。

栗の実は一家だけでは食べきれず、村の人たちもやってきて拾った。おかげで飢えは軽減された。数年すると、栗の大樹は子や孫を作り、あたりは栗林を成していた。

そのいきさつをすべて知っていたのは当時の菩提寺で、この話を密かに記し、彼女に戒名を付けて、一家の過去帳に加えた。

それが秋林背栗信女。

で、方丈さま、その栗林は今も在りますか？　と電話で問うと、もちろん在りますよ、二百年やそこらでは山は変わりません。わたしは方丈の特権で、毎年こっそりこの山で山栗を拾って食べていますよ、ふふふ。

全く食えない方丈である。

身に入《し》む

健司《けんじ》が一人暮らしを始めてすでに四年が経っている。この男について書けば、気分的に落ち込んでしまうのが解っているけれど、それでも書いてみることにする。というのも、この手の男は世間にたくさん居ると思われるから、何かの参考になれば、と考えてのことだ。

まず容姿から言えば、百人いればトップ数人に入る程度に恵まれている。背は百八十センチで痩《や》せ型、少々いかり肩で胸は薄く、最初の印象は優しそうな二枚目。その顔立ちだが、テレビ俳優の中に置いても遜色のない整い方をしている。おまけに色白と来ているので、そこはかとなく上品さも漂う。

さらに表情は、場面場面で無邪気な明るさを放散したり、時には思慮深く内向して見えたりと、本能的に使い分けが出来るので、まさに演技派俳優、天性の変身術を備えているのである。

いやいやそれは変身術というより、頭の回転の良さ、勘の良さかも知れない。相手がいま、何を望んでいるかを察知できる能力のことだ。

このようにある種の才能に恵まれてはいるのだが、仕事には役に立たず、女性相手のときに限り遺憾なく発揮された。

つまり、女には手が早いし、これまでのところは上手く行ったというわけ。

残念ながら仕事の場面では、時間が経つにつれて化けの皮が剝《は》がれた。如才《じょさい》なく振る舞っているように見えても結果がついて来ない。その場しのぎの安請け合いが信用を無くしてしまう。

容姿が良いだけに職場での嫌われ方も激しく、いつの間にか疎《うと》まれ、片隅に追いやられてしまう。しかしプライドだけは高いので自分への評価が不満で、結局は仕事を辞めてしまう、という繰り返しで、次第に非正規の仕事さえ続けられなくなった。ネットで小資本の起業も試してみたが上手くいかない。

どうですか、こういう男、思い当たりませんか？

すでに四十四歳になるけれどももちろん未婚で、これまでの人生を見渡しても、キャリアと言えるものは無い。だからといって自分から頭を下げて仕事を探して動くのもイヤなのだ。そもそも頭を下げた姿勢で、どんな言葉を口から出せば良いのかが判らない。お願いします、の言葉は彼には無かった。

自分に相応《ふさわ》しい仕事が見つからないのは運が悪いだけで、それが証拠にギャンブルでは運が味方してくれて大勝ちすることもあるではないか。人生は待ちの姿勢も大切で、大成するには機を待たねばならない。

彼は大物気取りで自分に言い聞かせた。

自己評価と世間の評価の大きな落差を認めたくない、というより見えてもいないのだから、ある意味では地獄への道を能天気に歩いて来たとも言える。

彼の場合、女にモテることだけが自尊心を満足させたので、自分の容姿を磨くことには神経を使った。たとえば歯を白く保つために、特殊な歯磨きで朝晩三十分かけて磨いたりフロスをかけたり、ちらほら白髪が出て来ると、丁寧に毛抜きで抜いていく。保湿クリームにはフランス製の高級化粧品を使っているし、デオドラントにも気をつけていた。

それでも四十代半ばとなると、容姿の衰えは否めない。鏡を見て、肌の張りが失せ、くすみが浮き出しているのに気付くことも増えた。するとナルシストの彼は衰えを中年の渋さだと自惚《うぬぼ》れ気味に考え、ちょっと斜めに鏡を睨《にら》んで、この良さが解らないのが昨今の若い女たちだとうそぶいた。

とかく容姿に自信がある男は、自己確認のために女を利用する。女が自分に惚れる様子に満足する。当然、惚れてしまった女は傷つくし痛い目にも遭うのだが、早々と気付いて逃げて行くならまだしも、騙《だま》され続ける女はこの世にごまんといるのだ。性懲りも無く彼の狩りは続くことになる。

日々の生活に必要な金は、女から得るしかない。金を吸い上げるのではなく貢がせる。

健司は今、一人暮らしではあるが女は何人もいた。その女たちにはある意味正直に振る舞った。つまり自分以外に女がいることを隠さない。問い詰められれば、あなたに出合う前からの付き合いで、あまりに一所懸命なので切ることが出来ないのだと頭を抱え、辛さを滲《にじ》ませて告白する。

そうされれば、まず率直な男だと思われ、女は嫉妬心を抱き、見えない敵との競争を始めてくれる。

ここからが健司の凄腕《すごうで》となる。実は前の女からかなりのお金を貢がれていて、関係を断つのは良心が痛むのだと、本心からの演技で訴える。思い切り情けない男になって見せる。

そんな男に、この時点で見切りをつけて離れて行く女ももちろん居るが、健司に貢いだ過去の女に哀れみと優越感を覚え、ならば自分がお金を出すから、それを彼女に返してあげて欲しい、と言い出す女も中にはいる。

母性が豊かな女ほど、恋の勝利者として振る舞いたいものなのだ。愛する男の負い目を、自分が清算してあげる、とばかりに、健司にお金を渡す。

もちろん、すべては計算ずくのことで、そのお金は健司のふところに入る。そして次の獲物が現れるまでは、その女と蜜月を過ごす。あれこれ言い出して、もう少しふんだくることも出来るが、不審を抱いて健司を詰問したあげく去っていく女については、決して深追いしない。すでに用済みなのだから。

「前の女」など居なくても、居る素振り、別れられない素振り、それも良心の痛みから切るに切れない素振り。

演技というより、その場その場で自分の立場を信じ込んで訴えるのが最上のテクニックである。上手く行くかどうかは、自分で自分を信じ切ることが出来るかどうかだ。

そこには確かに、騙される女への哀れみが漂い、騙す自分についても、多少の自己憐《れん》憫《びん》が胸底に流れていなくてはならない。

それともう一つ。これは経験で学んだことだが、高学歴で社会的な立場もあり、自尊心が強く、自分で動かせるお金があり、年齢的にも若い結婚願望者ではなく、男に頼らず人生を切り拓いてきた女が、ほんの少し恋愛への未練を持っている、もう一度だけ青春の甘い記憶を蘇《よみがえ》らせたい……そういう女の方が、実は落ちやすいのだ。たとえば学校の教師であるとか医療従事者や介護関係でオンナを捨てて働いている女性などなど。

もちろん、人妻であっても構わない。いや人妻の方が好都合。

そんな女たちが、容姿以外にとるべきもののない健司のような男の術中にはまるだろうか、と疑問に思われそうだが、これがすっぽりとはまるのである。彼女たちは相談する友人に恵まれていないし、突然天から降ってきた恋の罠《わな》を、頑張って生きて来た自分へのご褒美だと考える。

そのための罠の作り方、かかった獲物の取り扱いにおいて、健司の腕は見事だった。

この男、定職は無いのだが、かつて一度だけ関わった仕事に、身辺調査業がある。

「ご家族の悩み事、相談受けます。極秘に夫の浮気調査もいたします」

アパートの郵便受けにチラシを投げ込んでおくと、ごくたまにだが電話が掛かってくる。外で会って話を聞くとき、トラブルの中身以上に、女を多方面から値踏みする。

もちろん、健司自身の打ち明け話も挟み込む。

「……実は先月までサラリーマンでしたが、事情があって辞めました。この調査業、まだ駆け出しですが、誠心誠意、貴女《あなた》の味方としてお手伝いいたします」

もちろんこのとき、女をドキリとさせる好男子ぶりを発揮しなくてはならない。相手の目を見て勝負をかける。そしてときには依頼を断ってみせる。

貴女のような素晴らしい方に、私などがお手伝い出来ることなどありません。所詮街中の怪しい探偵業。遊び半分、愚痴の吐き出し相手。いっときの気晴らし。私の人生が傷を受けるほどの相手ではないわ。

そうタカをくくった女がじわじわと引き寄せられ、やがて深い井戸に落ち込むには、当然ながら身体の関係が必要になる。

ほとんどこの手順どおりに、健司と深い仲になったのが歯科衛生士の松子《まつこ》だった。歯科医院では子供の相手が上手く、優しさ全開で対応できる松子。公務員の夫と中学生の息子がいた。

仕事上は子供の相手が上手く出来るのに、反抗期の息子に手を焼いていたのだ。母親の財布からお金を持ち出し無断で外泊する。どんな友達と付き合っているのか判らないが、夫は相談に乗ってくれず、万事逃げ腰で、途方にくれ思い悩んでいたとき、健司の罠に捕まったというわけだ。

健司は自分の中学時代を振り返りながら松子を励まし、そして彼女の不安と寂しさを慰め、そこから先はいつものパターンで深い仲になった。

ただ、お金を出させるまでには至っていない。昔の女と切れていない様子も、それとなく匂わせてみるが、健司の気持ちを疑うことなど全くない。逢っているとき目の前でメールを頻繁《ひんぱん》にチェックしても、仕事のメールだと信じ込んでいる。実際に他の女から電話がかかって来たときなど、松子はそっと席を外し、聞き耳を立てたりせず、誰からの電話かと訊《たず》ねることもしないのだ。

子供に好かれる童顔と、無邪気に笑む丸い目は、いつどんなときも健司の言葉を丸ごと信じて疑わなかったので、金を引き出すための作り話にまで、辿《たど》り着けないのである。

善良で必死な母親を、息子はどうして困らせるのか。反抗期とはやっかいなものだと、健司も一緒になって悩んだ。

秋が深まった金曜の夕方のことだ。健司は松子を伴って銀行のＡＴＭでお金を下ろした。数百円の残金が記された紙が機械から吐き出され、それを松子に見せながら、ああ、これで口座はスッカラカンだ、と苦笑いして見せた。

これも一つの手で、母性豊かな女なら自分がどうにかしてやりたいと思うものだ。

松子もまた、心苦しそうに健司の手元の七枚の万円札をじっと見詰めている。

「でも良いんだ、これであなたと一晩一緒に居られる」

銀行から出て暗い道を繁華街の方面へ歩き出したとき、突然少年たちに周囲を取り囲まれた。

悲鳴をあげたのは松子だった。そして少年たちの一人に向かって突進し、その肩を摑《つか》んだ。

「＊＊ちゃん、どうしてここに居るの？　あなたたち、ここで何してるの？」

松子の息子だと判り、健司は一歩退いた。その少年は目の裡《うち》に暗い炎を燃やし、手にはナイフらしきものを握っていた。ナイフの腕にしがみついた母親を突き飛ばした少年は、何か呟《つぶや》きながら健司に向かって歩いてきた。他の少年たちは人垣を作るように取り巻き、黒い壁となってにじり寄って来る。

「やめて」

母親は息子に叫ぶ。

「……この人とは、何でもないのよ」

少年は低い声で、ウソつけ、と吐き捨てた。

「……二人でホテルから出て来たのも見た……これまでじっと我慢してきたんだ……だけど仲間の考えが一致した……あんたを殺す……母親をオモチャにされた息子の気

持ちが解るか！　殺してやる！」

息子の前に身を投げ出した松子が、背後の健司に叫んだ。

「お願い！　息子を殺人犯にしたくないの！　そのお金を……この子たちに投げて！　そのまま走って！　私が必ず償います！　早く！」

健司はとっさに持っていた万円札を少年たちの真ん中に投げ込んだ。七枚のお札は風に飛ばされてあたりに散らばった。それを尻目に走った。背後で松子が泣き叫ぶ声がした。

追いかけてくる足音は、やがて途絶えた。

明るい場所に辿り着き、荒い息を抑えながら振り向くと、すでに人影は消え、遠くにＡＴＭのマークが浮いていた。

松子は大丈夫だろうか。まさか母親にナイフを突き刺すことはしないだろう。けれどあの血走ったまなこは、少年とは思えないほど性根の据《す》わった悪党だった。

健司はこれまで、飲み屋で絡まれたことはあるけれど、実際に殴られた経験は無かったし、刃物で傷を負ったこともなかった。

少年の右手に持った細いナイフを思い出し、山野で狼に牙を剝《む》かれた心地とはこれだろうと想像した。冷や汗が流れる。餌を撒《ま》いてその隙《すき》に逃げた。全く狼と同じだ。

アパートに戻り着き、松子からの電話を待った。連絡がない。やはり息子に刺されたのだろうか。警察に通報することも一瞬考えたが、松子との付き合いが息子にバレているのだから、警察沙汰になれば松子の夫ともタダではすまなくなる。

あの瞬間松子は叫んだ。必ずこの償いはすると。七万円。松子ならあの金を返しに来るはずだ。

当初の予定とは狂ってしまったが、損害は最小限度で食い止められた。息子に知られた以上、松子とこれ以上の関係は面倒なので、金を返してもらったら別れを告げる。

少し惜しい気もする。これまであんなに無防備で純粋な女は居なかった。金を搾り取るところまで行かなかったが、それはそれで良かった気もした。亭主もきっと松子同様の善人なのだろう。それにしては息子の悪党ぶりが半端ではなかった。ナイフを振り回す中学生。松子の息子がどうしてそんな不良になったのだろう。

健司は一瞬、不穏な揺らぎを覚えた。あれは本物の中学生だったのか。松子から息子の悩みを聞いていたから、咄嗟《とっさ》にあの連中を中学生だと思ったが、暗闇の中で自分を取り巻いた少年たちは、中学生にしては大きな身体をしていた。

あのとき松子は、息子のナイフを身を挺《てい》して防いだ。殺人犯にしたくないのだと叫びながら。

健司は電話が鳴るのを待っている。電話の向こうで、松子が泣きながら謝る声が聞こえる……いや、電話は鳴らない。

一晩待っても、その翌日も、松子から何の連絡もなかった。ついに三日目、松子が勤務している歯科医院に、知人を装って電話した。

「そんな方はこちらにはいませんよ」

受付の女が応えた。

瞬間彼は、ナイフの刃先が胸のあたりを鋭くかすめたのを感じる。痛みではなく、何か途方も無い感覚が、じわじわとしみ込んできた。あの連中は中学生なんかではなく、松子がしがみついた少年も、息子などではなかった……つまり七万円も、戻ってなどこない。

この事実を呑み込むために、彼は寒々とした暗い天井を見上げた。

冬

寒苦鳥《かんくどり》

インドの北方、というからヒマラヤに近い高山だろうか、寒苦鳥という名の鳥が棲《す》んでいるという。

極寒の地だというのに、寒風から身を守る巣を作るのを怠り、夜風が吹き付ける中、岩陰にひたすら身を縮めて寒さに震えながら鳴くので、この名前がついた。

「ああイヤだ、こんな寒さ」

そしてこのとき心底から思うのだ。明日こそ真面目に巣を作り、暖かい夜を過ごそうと。

ところが朝陽《あさひ》が昇り空気が和らぐと、昨夜の決心などどこへやら、中空に飛び出して巣作りを忘れてしまう。気がつくとまた夜が来て、寒さに凍えながら後悔の哀しい鳴き声を上げるのだとか。

意志薄弱な鳥である。明日こそはと思い決めるが、自分の弱さゆえ決心を全うできないのだ。

思い当たる人はいませんか？　多少なりとも耳が痛い人はいるはずです。

この寒苦鳥は、仏教修行で譬《たと》えに使われる架空の鳥なのです。ですからやはりインドの北方、ヒマラヤの大雪山あたりの鳥だと思われますね。

けれど実際には、鳥類はもっと生存本能が働きますから、こんな怠惰《たいだ》なことでは種は続きません。つまり寒苦鳥は、大変人間的とも言えるわけで、もし寒苦鳥が本当に居たなら、怒ってこう言うのではないでしょうか。

我々自然界に生きのびて来た鳥は、後悔したり自分の弱さを嘆いたりする以前に、DNAの指令に従い自らの命を守ります。愚かな人間どもの譬えに使わないで頂きたい。

寒苦鳥的な人間をここに描くとすれば、ギャンブルから抜け出せない人、女遊びを繰り返す男、財布の中身など考えずに浪費することで日頃のうさを晴らす女、などが思い浮かぶことになる。つまりは依存症。

譬えに使われた寒苦鳥も、朝陽や穏やかな大気が目の前にあれば、いっときもじっとしていられない羽ばたき症候群であるのかも知れません。

依存症も酷《ひど》くなれば命を失うことになる。

その典型がアルコール中毒だろう。

飲めば世界が優しくハッピーに見える。覚めて見れば、おぞましい現実の中に見苦しい自分が青白い顔で蹲《うずくま》っていて、後悔の念は激しく五臓六腑を痛めるのだけれど、そんな自分を忘れるために、またまた酒瓶に手を伸ばす、これぞまさにアル中寒苦鳥。

さて、寒苦鳥初子《はつこ》のことだが。

彼女の飲酒は二十代の結婚当初から続いていた。いわゆるキッチンドリンカーで、夫が出かけたあと、本棚に隠してあるウイスキーを取り出す毎日。夫は夜遅くしか帰って来ないので、戻ってきたとき妻から酒の匂いがしても不自然ではなかった。

それでも小夜《さよ》を妊娠したと判ったときはさすがに酒瓶から離れた。健康な女の子が産まれたとき、神様に感謝したほどだ。

けれどそれがまた、新たな孤独の始まりになった。

夫は初子が勤めていたアパレル会社の営業職でトップクラスの成績だったし、ルックスも良いし口も達者で、おまけに浮気性だった。

結婚し、専業主婦になってすぐに夫の正体が見えてきたが、子供が出来ればそれも変わるかも知れないと、あわい期待を持ち続けての出産だった。

小夜を産んでからは性の営みも途絶え、妻は子育てだけをすれば良い、とばかりに女としてほって置かれただけでなく、本人は営業の仕事を口実に夜遊びがさらに激しくなり、それをまた妻に隠すだけの心遣いもせず、すべては仕事のためだと居直った。

毎月の生活費だけを渡していれば夫としても父親としても役目を果たしていると思っていて、日曜日であっても子供がぐずる狭いアパートから逃げ出し、女のところで夕食を食べて泊まり、週明けはそのまま仕事に出かけるというモラルゼロの夫。

それでも世間のことを聞き及ぶに、生活費だけでもきちんと入れてくれるならマシなほうで、仕事には情熱を持っていたし実績を認められてもいたので、初子は離婚を思いとどまって生きてきた。その分酒量は増えた。

小夜はたまに家に居て相手してくれる父に懐いていた。それも離婚に踏み切れなかった理由の一つだった。

ここまでは、程度の差こそあれ世間に良くあるパターンかも知れない。

冬の夜、夫が出張先の飲み屋で倒れ、脳動脈の出血であっけなく死んだ。長年の不摂生の結果と言えるが、初子はこれまでの自分への不実を、神様が罰したのだと思った。

夫の死の半年前、夫の親から相続した不動産が、思いがけず高く売れた。ますます神様に感謝した。初子はそんなまとまったお金を手にしたことが無かった。

小夜はこのお金で大学へも行くことが出来たし、すべてがリセットされたのだ。人は耐えた分の幸福が与えられ、人を傷つければその分の報復も受けなくてはならない。

人生はプラスマイナスでトントン。神様はすべてを見ておられる。

初子は長いトンネルから出て、初めて大きく背伸びをした気分だった。

ところが神様は、初子が信じていたほど優しくはなかった。小夜が大学を卒業して航空会社の地上勤務についた春、初子の肝臓と膵臓に癌《がん》が見つかったのだ。四十代半ばのことだった。

長年、夫にも小夜にも隠れて、初子はお酒を飲み続けてきたのだから、不摂生は夫以上だったと言える。

大人になった小夜が母親の酒量に気付き、何度も何度も止めたがすでに時遅し、アルコール摂取が原因の膵臓炎、そして癌化、さらに肝臓への転移、という順で、初子の身体は侵されていたのだ。

だからあれほど言ったのに、と最初小夜は怒り嘆いたが、転移も進んでいると知って、必死で看病した。小夜も母親がお酒に浸るしかなかった夫婦関係が理解できたし、自分のために離婚を思い留まったのを知っていた。何より、母の人生が哀れだった。

けれど進行していた癌を止めることはできなかった。抗がん剤などの治療のために入退院を繰り返していたが、ついにそれも効かなくなり、衰えて幻覚にうなされながら息を引き取った。享年は五十一だった。

こうして孤独は一人娘の小夜にバトンタッチされた。

小夜は社交的な父親より、胸に焼け石を抱えていてもじっと我慢してきた母親の遺伝子を受けついだようで、仕事が終わっても皆でワイワイと飲んで喋るタイプではなく、真っ直ぐアパートに戻ると、仏壇に手を合わせたあと、まず冷蔵庫から缶ビールを取り出し、喉を潤した。

その一瞬は、無上の幸せだった。この一瞬のために自分は生きているのだと思った。母親が遺したものは、孤独だけでなく酒好きの性癖《せいへき》もあったのだ。

小夜はようやく、母親がお酒を手放せなかった心境が理解出来るようになった。自分はまだ仕事があるから気が紛《まぎ》れるけれど、母親は檻《おり》の中に閉じ込められて逃げる場所も無かったのだ。結果的に寿命を縮めることになったけれど、そんな生き方しか出来なかったのが初子なのだと。

小夜はコンビニのおでんやゴボウサラダを摘《つ》まみながら、次々に缶ビールを出してきてプルトップを開けた。

プシュと音がするたび、そこから幸福感が泡になって飛び出してくる。それをひとしずくもこぼさず、胃袋に流し込んだ。

初子が生きていたあいだ、自分は説教魔で母親からお酒を取り上げることばかり考えていたが、こうなってみると娘は、母親の仏前にお酒を供えないではいられなかった。

このスッキリした味が好きだと言っていた日本酒や、モルトの香りが何とも言えないと目を閉じてあおったウイスキーを、仕事帰りに酒屋で買ってくるようになった。それらを仏壇の前に瓶ごと置き、小夜も酔った勢いで写真に向かって話しかけた。

「お母さん、お酒を取り上げてごめんね。思い切り飲ませてあげれば良かった。お酒の瓶を見つけるたび目くじらを立てて悪かったわ」

最後の数ヶ月はもう、お酒どころか何も飲み込めなくなっていた。どうせ死ぬのなら、飲めるときに好きなだけ飲ませてあげれば良かった。

その後悔が小夜に酒を買わせ、仏前に置かせたのだ。

ある朝のこと、小夜は出かける前のいつもの習慣で、母親の写真に手を合わせたとき、おや、と思った。昨日供えた日本酒の四合瓶の酒が半分になっている。手に取り、あ、と声をあげて初子の写真を見た。

「……お母さん、やったわね」

初子の写真がニヤと笑った気がした。

昨日は確か、栓を開けないままここに置いたはずだ。

小夜は頷《うなず》いた。そして不思議なことに、胸の底から暖かいものがじわじわと滲《にじ》み上がってきて、酔ったときのように両頬まで熱くなった。なぜか嬉しくて、涙が出そうなのだ。

その日はいつもより仕事もはかどり、常々つめたい視線を寄越《よこ》した先輩女性も、あら、今日は絶好調ね、などと軽口を叩いてくれた。何か良いことでもあったの？と問われて、いえ大したことではありません、と答えたものの、小夜にとっては大したことだった。

職場の全員が、あらぬ想像を楽しんでいるのが小夜にも感じられた。その想像は、これまで地味で目立たず誰とも付き合いがない小夜にもついに恋人が出来たらしいという、若い女性に周囲の人間が望む、在《あ》り来《きた》りのものだったが、小夜はそれを否定せず、職場の人間の誤解を楽しむ余裕も生まれてきたのだ。

もう一つの周囲の反応は、小夜の意表をつくものだった。

隣の席で仕事をしている後輩が、そっと身体を寄せて囁《ささや》いたのだ。

小夜さん、昨日はずいぶん飲んだんでしょう？　どこで誰と盛り上がったのよ。今度私にも紹介してよ、その人。

彼女が言った意味はしばらく判らなかったが、もしかしたら自分の身体からお酒の匂いが漂っているのかと、慌ててトイレでうがいをしたのだった。

その日もまた、スーパーで黒糖焼酎を買い、家に戻った。あれだけ侘《わび》しかったのに、その日は気持ちが浮き立っていた。初子は焼酎も好きだった。いつも生でグラスに口を当てて、幸せそうに片目をつむって見せた。

「はい、お母さん、黒糖焼酎は最近はやりなのよ。昔はオジサンの飲み物だったけど、今は若い女の人も焼酎を飲むの」

仏壇に瓶を置いたとき、思わず微笑みがこぼれた。初子の写真も照れながら微笑した。

小夜にとって、久しぶりに幸せな夜だった。夜風にあたりながら散歩したい気分だが、そろそろ寝なくてはならない時間なので、布団に入り天井に向かって、お母さんありがとう、と声に出して言う。自分の声の明るさに戸惑った。

深夜、小夜は目を覚ました。闇がほの暖かく湿っている。音をたてないように摺《す》り足で仏壇に向かう。窓の外には紫色の雲が立ちこめ、雨が降り出した模様だ。そういえば夜中から雨になると天気予報が言っていた。

思ったとおりだった。

「……お母さん」

初子を脅かさないように、小夜は小声で囁いた。初子は仏壇の真ん中に、人形のように小さくなって正座していた。そして初子の前には、栓を開けた黒糖焼酎と小夜が一緒に供えたお猪口《ちょこ》が置かれている。初子の身体が小さいせいで、焼酎の四合瓶が一升瓶のように大きく見えた。

「……そうじゃないかなと思ってたのよ。だって、朝になるとお酒が減ってるし、お気に入りの大吟醸なんて、一晩で全部無くなってたから、これはもう、お母さんの仕業だって確信したわ」

「いつかバレると思ってたわ。でも、これやってるときは、人生がバラ色に染まるの。生まれてきて良かったと思えるの。生まれて死んで、でも全部が良かったなって」

「……そんなに小さくなって、何かと不自由じゃない？」

「飲める分量は確かに少なくなったわ。お猪口は有り難い。良く気がつきました」

「最初のうちはどうやって飲んだのか不思議だった」

小夜は瓶だけを供えていたが、それでも中身は少しずつ減っていた。

「必死で蓋《ふた》を開けて、その蓋に注いで飲ませて頂きました。さすがに私の娘でおまけにのんべえ、お猪口を一緒に置いてくれるようになって、助かったわ」

「おつまみが無くてごめんね。今度から柿の種を置いておくわ」

「柿の種は要らない。塩辛とかカラスミが有り難いわね」

「ではお母さん、再会をお祝いして、乾杯しようか。私もグラスを持ってくる」

「いいね、それがいい」

　初子は小さくなったが、それでも酒飲みには違いなく、しかもどこに流れていくのかと思うほど、注げば注ぐだけどんどん飲んだ。空が白みかけても酒宴は続く。雨が降っているので灰色の夜明けだが、穏やかで心地の良い朝である。

「ところでね小夜、ちょっと気がついたんだけど、あんたもう、アル中だよ」

「そんなことありません。中毒だったのはお母さんだわ」

「でも、毎日かなり飲んでるじゃない。朝から臭うよ」

　小夜はむっとして小さな初子を睨《にら》む。

「散々迷惑かけてくれたお母さんに言われたくないわ。私はお酒なんていつでも止《や》められます」

「今なら間に合うよ。でないと私みたいに小さくなってしまうわよ。そろそろお酒やめませんか」

「死んだ人間が生きてる人間に説教するつもり？　そんなこと言うなら明日からもう、お酒は私一人で飲むわ」

「あ、それは良くない。どうせ飲むなら一緒がよろしい。もう一杯注いでくれない？」

寒苦鳥の母娘は、岩場の隙間《すきま》に身を寄せて鳴き交わしているのですが、その声はそれほど深刻にも不幸にも聞こえません。やがて朝陽が昇って来るでしょう。

「季節の力」

季節を表す言葉は、季語として日本人の感性に入り込み、内側から心を動かす力を持っています。異なる季節にこの言葉に触れても、たちまち現実から連れさられ、別の季節にそっと置かれてしまいます。季節の言葉への反応や効果は、日本人のＤＮＡに組み込まれているのかも知れません。

季節に関わる掌篇《しょうへん》小説を集めたのがこの本です。四季を二周巡り、二十四編の作品が生まれました。言葉の一粒一粒に力を発揮させ、読者を別世界に連れて行きたい、との思いで書きました。

どちらかというとこれまで、大きな物語を書いてきた私ですが、この掌篇を難しいとは感じず、四季の移ろいを味わいながら愉《たの》しんで書けたのは、俳句や短歌などの定型の短詩に慣れていたせいでしょうか。定型の短くて音律のある言葉を、もう少し膨らませ、その芯をじっと覗き込めば、人の生を宿す切片が見えてきます。

作るというより、季節の言葉が人の生を抱え込んでいるのを、目を凝らして見つける、という方法で書きました。

たとえば。

暖かな雨のそぼ降る春の宵《よい》に、一人の男がコートの襟を立てて歩いている、とします。この男はそぼ降る雨から逃げることはできません。包み込まれ、抱かれ、心の奥底まで濡れている。

その時の男の真情に、荒々しい闘争心は似合いませんし、もし荒ぶる闘争心を持っていても、それは柔らかく溶かされて別のものに変わるでしょう。

そこにおのずと、この男の物語が発見されます。

人間は季節に支配される弱者、ある意味では敗者です。塗り替えられ、消し去られ、何かを染め付けられる。そして生き返る。

季節は抵抗できない相手なのです。

それを肯定するしかありません。

このような人間の物語は、今生《こんじょう》のみで終始するものでもありません。境もなく、今生とあの世を行き来してしまいます。

これもまた、季節の力が働いていると思えます。いったん終わっても、蘇《よみがえ》るのが四季。

四季を人の生涯に譬《たと》えてみれば、青春のときのあとには夏の盛りがあり、秋には衰えて冬の暗がりの中に終焉《しゅうえん》する。そしてまた芽吹きが訪れ、あらたな生命が始まるわけです。

人もまた、季節の一部として存在しているので、こういうことが起きます。

夢幻能のように、人の魂があの世で生き長らえ、折りを得て今生に出現するのは、裏で季節の巡り、移ろいが働いているからと思えます。

人間が真実《まこと》を顕《あらわ》すには、こうして生の肉体を捨てて両方の世界を巡る必要があるのかも知れません。医学としての生死を超えたこの魂の行き来が、ごく自然に日本人の感性に受け入れられているのも、季節による巡りや再生が、土壌にあるからでしょう。

この二十四の掌篇小説は、文化庁の事業（子供夢・アート・アカデミー）として、全国の中高生に、優れた音楽を伴う朗読のかたちで、届けています。すでに何十校か、訪問しました。子供たちが、日本の季節と、その季節が生みだす小さくて深い物語を「耳」で味わってくれるのは、作者にとってこの上ない悦《よろこ》びでもあります。

高樹のぶ子

解説

手塚マキ

はじめて歳時記を買った。

掌篇《しょうへん》のタイトルとなった二十四の季語を探す。その季語が使われた俳句を読む。更にその周辺に載っている季語も読む。季節が拡《ひろ》がる。そして季節の匂いを感じながら本文を読む。

『ほとほと 歳時記ものがたり』は人の本だ。季節は人と結びついている。残骸が人を思い出させる。季語が時空を超える手助けをしてくれる。他人の話を読んでいるはずなのに、いつのまにか自分の記憶の地図を拡げだす。

私の名前は手塚マキ。十九歳の頃に歌舞伎町でホストを始め、以来二十六年、歌舞伎町の住人だ。二十六歳で経営者になり、今も歌舞伎町でいくつもの事業を運営するグループ会社の会長をしている。

人は過去を生きているんだと思う。

でも目の前のことに手一杯で、ついつい過去を蔑《ないがし》ろにしている。そうやって忙しさを言い訳に置き去りにしていたものを、『ほとほと歳時記ものがたり』は否応《いやおう》なしに引きずりだす。それは溜息《ためいき》を伴うような思い出が多い。溜息というか、脳に酸素を沢山送りこむように大きく息を吸い込まなければ受け止められないような思い出だ。沢山の人を傷つけた。自覚がある。本当はもっと丁寧に生きたい。思い出と向き合いたい。でも情けないが、昔の傷なんて忘れて、せわしなく今を生きている。しかし痛みは時を超えて私の心をえぐる。ある人にとっては、どうでもいいようなことが、他の誰かにとっては、どうしようもなく心に残ってしまうことがある。記憶がズレていることもあるかもしれない。でもそうやって人は人の中で積み重ねられる一部になって生きている。

誰かにとっては、花びらに見えた骨も、誰かにとっては「牡蠣殻《かきがら》」に見える。何も気にせず乗ったタクシーの座った順番をずっと気にして生きている人もいる。些細《ささい》なことが、ずっと気に掛かって生きている。たとえば、猫の発情期を示す季語がタイトルになった「猫の恋」という一篇。この話は私のずっと閉めっぱなしにしていた扉を開いた。まだホストクラブがアングラの業種だと言われていた九〇年代後半のことだ。

マキ、猫死んじゃった。私が殺したの。どうしたらいい？

一人暮らしが寂しいとしきりに言っていた彼女が猫を飼ったのは数日前。これで寂しくなくなるしマキに会ってって催促することもなくなるね。と笑っていた。いや笑っていなかったかも。ほとんど埼玉県の東京の端っこにある彼女の家に初めて行った。ワンルームの部屋には家具と呼ばれるものはほとんどなかった。彼女は壁に寄りかかり座っていた。反対側の壁の前には猫が横たわっていた。こちらから顔は見えない。おしりからうんちがまあるくはみ出していた。肛門の周りの毛は薄く真っ白だった。ないてうるさいから投げたら死んじゃった。私、猫殺しちゃった。マキ来てくれたんだね。長い茶髪のウェーブからつぶらな片目と口角が上がる口元が見えた。

私はタオルで猫を包み車の後部座席に乗せ一人で、自宅に近く地理に明るい新井薬師公園に急いだ。落ちている太めの木を拾い、人通りがなさそうな木陰に、花粉症の鼻を啜《すす》りながら猫を埋めた。そうか、あれは春だった。

それからすぐに彼女は僕の事を好きじゃなくなった。お店にも来なくなった。ところが数カ月してフラッとお店にやってきた。風俗からキャバクラに仕事を変えナンバーワンになったと自慢しにきた。マキに負けないからと言いにきた。私のことは気にならないと言わんばかりにヘルプと楽しそうにお酒を飲む彼女を眺めると、肘から下に線路のような等間隔の古いリストカットの跡が連なっていた。この数カ月で作られたような新しいものではない。こんな傷あったっけ？　と聞いたら、ずっと前からあるよ。今まで彼女は私に見えない様にしていたのだ。いや、私が見ないようにしていただけだったのか。いや、私は何も見えていなかったんだ。

気付かなかったのは傷だけじゃない。彼女の気持ちも、自分の都合の良いようにしか見ていなかった。売上をあげることだけに必死で、人の気持ちが見えていなかった。そして今も、無意識に誰かを傷つけているのだろう。

「滝壺」と「星月夜」という壮大な季語を冠した二篇は、美しさの裏側にある傷を露《あら》わにする。がむしゃらに頑張ってこぼれ落ちたものが高樹にもあるのだろう。だから書くのだろう。純粋に目の前の情景だけを見たいのに、無垢《むく》だった頃の思い出が蘇《よみがえ》る。置き去りにしてしまった人に謝りたいのだろうか。決して忘れたわけではないけれど、未来に向かって生きたことを後悔しているのだろうか（いや、それは私か。私にも子が出来、そう思って生きている。しかし、やはり過去を生きなきゃだめだ）。

髙樹のエッセイにはよく祖父が登場する。祖父は地主だったにもかかわらず、教師になるために地元を離れ、自由に学術に身を捧《ささ》げ生きた。だが、戦後の農地改革によって土地を失い、地元に帰ってきてからは肩身が狭く暮らしたようだ。そんな祖父とともに、髙樹は幼少期の多くの時間を過ごす。祖父を反面教師のように生きてきたが、やはり自分も祖父のように生きたかったと思っているのかもしれない。今となってはどちらでもないのかもしれない。きっとそうやって揺れ動いて生きてきたのだろう。


『ほとほと 歳時記ものがたり』は決して、思い詰めさせるような話ばかりではない。「ほとほと」と音を立ててセックスをしたり、四十代で浮気した詩人の晩年の情けなさだったり、雷鳴の中、花のワルツを弾いてハニートラップを退け、ハニーが残した口紅がついた紙コップのコーヒーをすすったり。笑ってしまう話も少なくない。「紫陽花」なんて大爆笑した。

物語の大半で死者が合図をくれる。それは日常の見過ごしてしまいそうな些細なことかもしれない。でも、そう思うと些細なことも意味をなす。そして、その死者の合図が、今を生きる人々を渡す船になる。私の母は生きているが、「月の舟」では母の言葉を思い出した。

　五年前、数年後にオリンピックを控えた国立競技場の周辺は、期待感で浮足立っていた。私もそれを肌で感じたいと思い、周辺に引っ越した。競技場周辺は白く高いフェンスで囲まれていた。そのフェンスをガラス越しに眺めながら飲めるＢＡＲで、よく朝まで酒を飲んでいた。死者なのか何なのか、私は酒を飲み過ぎると誰かが憑依《ひょうい》して記憶をなくす。その日も飲み過ぎた。昼頃母親に起こされた。埼玉の奥地から、週に一度母は私の部屋の掃除に来ていた。水を飲んで昨日の記憶を探す。良からぬことをしたような記憶がかすめる。その日はグラフィティーアーティストなのか、オリンピックに反対する人間が憑依したのか、とにかく白いフェンスに落書きをしたような記憶がある。定かではない。家にあった白いペンキを持って、母と現地に赴いた。へったくそな芸術性ゼロのいたずら書きがされていた。私が小学生の頃から書いているキャラクターだった。思想もなにもない。母とともに白いペンキで上から塗りつぶす。異変に気が付いた警備員がやってきた。私達は消しているのに、「誰が書いたんですか？　これ」と聞いてきた。母は毅然《きぜん》と大きな声で「私じゃありません」と言った。確かに書いたのは母ではない。私だ。母は決して嘘《うそ》をついていない。後から聞いても、「だって私じゃないんだから私じゃないって言ったのよ」と悪びれる様子もなかった。私はこの時に遅い親離れをした。人は家族だろうが一人一人なのだと知った。「秋出水《あきでみず》」の睦夫《むつお》は私に生きる指針を与えてくれた。私は歌舞伎町で生きている。これからも生きていく。歌舞伎町は濁流の街だ。過去を飲み込み、誰もがもがき続ける街だ。誰もコントロール出来ない。次から次に人がやってくる濁流なのだ。濁流に飲み込まれてしまう人もいる。しかし大半の人は一定期間を過ぎると濁流から抜け出していく。そして濁流の中にいたことなどなかったかのように外で生きる。濁流の中ではやり過ぎたことが横行する。濁流だからやり過ぎても見逃される。でもそれは一人一人の心には残る。見えないふりをして生きていくことは出来ない。歌舞伎町という濁流はなくなることはないと思う。いやあっていいと思う。髙樹は凶暴な秋出水を防ぐ工事後をこう表現している。「まるで大暴れした過去を謝るかのように、樹林から漏れてくる光を集めて、岩の間を縫うように流れている」

濁流に居たことを忘れて欲しくない。濁流に戻らなくても、痕跡を感じられる場所を作っておきたい。過去を感じられる場所を作っておきたい。そして私は睦夫のような存在になりたい。

髙樹はエッセイで、川端康成の短編「夏の靴」を称賛していた。馬車にぶら下がる感化院の少女と馭者《ぎょしゃ》との短い時間での掛け合いを描写する文庫本四ページの短編だ。「夏の靴」も本書も、俳句や短歌のように繊細な描写から想像が広がり、余韻に浸るという点では似ている。しかし「夏の靴」では馭者《ぎょしゃ》の視点と同化しながらもう一人の登場人物の少女の来し方・行く末に思いが向かうが、本書では、登場人物たちの眼差《まなざ》しは彼ら、彼女ら自身に向けられていて、そこに宿る救いや希望は、不思議と読者である私自身の未来にもつながっていく。

ただ「在《あ》る」ということなんだろう。それをそっと胸の中に置いておけばいいんだ。思い出の中で生きている。季節の中で生きている。歴史の中で生きている。だから、今日もとことん大きく息を吸って生きるんだ。

最近お茶を始めた。茶室には季語が散りばめられている。散歩しても、季節が降ってくる。今日も歳時記を鞄《かばん》に詰めて、私は出かける。

季語の魅力に気づかせてくれる『ほとほと　歳時記ものがたり』を頼りに、私のように思い出を巡る旅に出てみてください。

（経営者、歌舞伎町商店街振興組合常任理事）

本書は、二〇一九年二月に
小社より単行本として刊行されました。

高樹 のぶ子

1946年山口県防府市生まれ。東京女子大学短期大学部教養科卒業後、出版社勤務を経て、1980年「その細き道」を「文學界」に発表。1984年「光抱く友よ」で芥川賞、1994年『蔦燃』で島清恋愛文学賞、1995年『水脈』で女流文学賞、1999年『透光の樹』で谷崎潤一郎賞、2006年『HOKKAI』で芸術選奨文部科学大臣賞、2010年「トモスイ」で川端康成文学賞、『小説伊勢物語業平』で2020年に泉鏡花文学賞、2021年に毎日芸術賞を受賞。2009年紫綬褒章受章。2018年には文化功労者に選出された。他の著書に『マイマイ新子』『甘苦上海』『飛水』『マルセル』『香夜』『少女霊異記』『オライオン飛行』『白磁海岸』など多数。

毎日文庫

ほとほと
歳時記《さいじき》ものがたり

印刷 2022年1月25日
発行 2022年2月1日

著者 髙樹《たかぎ》のぶ子《こ》
発行人 小島明日奈
発行所 毎日新聞出版
〒102-0074
東京都千代田区九段南1-6-17 千代田会館5階
営業本部：03(6265)6941
図書第一編集部：03(6265)6745
ブックデザイン 鈴木成一デザイン室
印刷・製本 中央精版印刷

乱丁・落丁はお取り替えします。
本書のコピー、スキャン、デジタル化等の無断複製は
著作権法上での例外を除き禁じられています。
©Nobuko Takagi 2022, Printed in Japan ISBN978-4-620-21043-8